光文社文庫

長編時代小説

遣《やり》手《て》

吉原裏同心(6)
決定版

佐伯泰英

光　文　社

目次

新 吉 原 廓 内 図

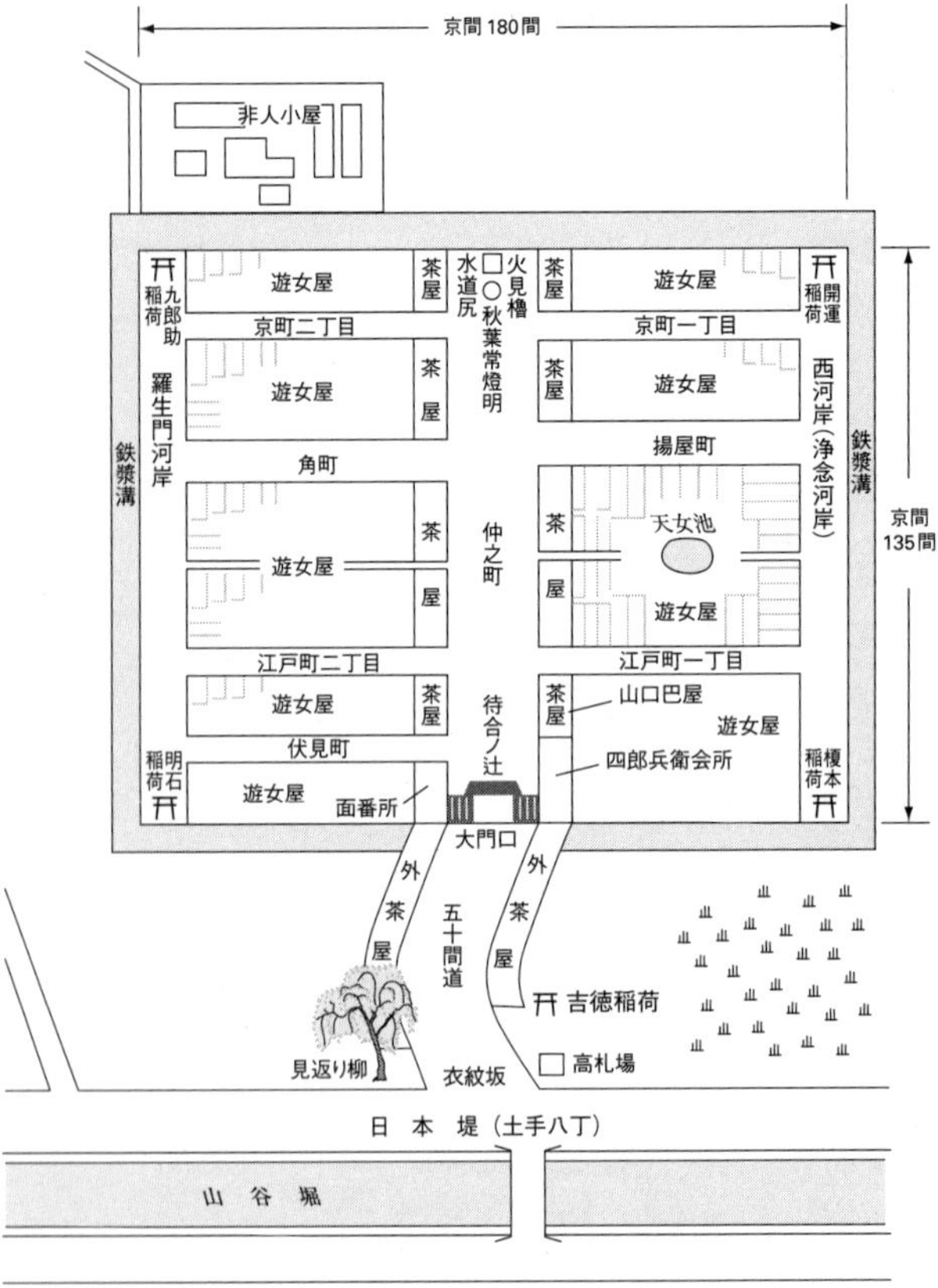

京間180間
非人小屋
九郎助稲荷
遊女屋
茶屋
火見櫓
水道尻
秋葉常燈明
開運稲荷
京町二丁目
京町一丁目
羅生門河岸
鉄漿溝
西河岸(浄念河岸)
揚屋町
角町
天女池
仲之町
京間135間
江戸町二丁目
江戸町一丁目
山口巴屋
待合ノ辻
伏見町
明石稲荷
四郎兵衛会所
榎本稲荷
面番所
大門口
外茶屋
五十間道
吉徳稲荷
見返り柳
衣紋坂
高札場
日本堤(土手八丁)
山谷堀

北
東
南
西
荒川
千住大橋
鐘ヶ淵
隅田村
隅田川
寺島村
三河島
田端
日暮里
駒込
谷中
千住道
小塚原
日本堤
金杉上町
新吉原
鷲神社
今戸町
山谷堀
今戸橋
浅草寺
小梅村
千駄木
白山
下谷
東叡山寛永寺
根津権現
御薬園
小石川
本郷
中堂
伝通院
不忍池
幡随院
広徳寺
阿部川町
東本願寺
新堀川
浅草花川戸町
吾妻橋
竹町ノ渡し
田原町
三間町
並木町
駒形堂
菊坂町
池之端仲町
下谷広小路
湯島天神
御徒町
蔵前
春日町
水戸徳川家
北割下
石原町
牛込
森田町
御米蔵
神田川
神田明神
外神田
向柳原
天王町
浅草橋
柳橋
小石川御門
水道橋
牛込御門
神楽坂
御竹蔵
南割下水
昌平橋
筋違御門
和泉橋
柳原土手
両国広小路
本所
番町
田安御門
俎板橋
雉子橋御門
一ツ橋御門
神田橋御門
内神田
馬喰町
両国橋
回向院
市谷
竪川
市谷御門
清水御門
小伝馬町
今川橋
日本橋
新大橋
常盤橋御門
北町奉行所
小名木川
麹町
室町
江戸橋
江戸城
半蔵御門
呉服橋御門
日本橋
仙台堀
深川
南茅場町
西之御丸
材木町
永代橋
南町奉行所
鍛冶橋御門
八丁堀組屋敷
京橋
富岡八幡宮
桜田御門
霊岸島
赤坂御門
永田町
数寄屋橋御門
西本願寺
石川島
越中島
山王日枝神社
新橋
築地
佃島
溜池
幸橋御門
汐留橋

『遣手』主な登場人物

神守幹次郎……豊後岡藩の元馬廻り役。幼馴染で納戸頭の妻になった汀女とともに、逐電。その後、江戸へ。汀女の弟の悲劇が縁となり、吉原会所の七代目頭取・四郎兵衛と出会い、遊廓の用心棒「吉原裏同心」となる。

汀女……幹次郎の三歳年上の妻。借金を理由に豊後岡藩の納戸頭藤村壮五郎の妻となっていたが、幹次郎とともに逐電。幹次郎の傍らで、遊女たちに俳諧、連歌や読み書きの手解きをしている。

四郎兵衛……吉原会所の七代目頭取。幹次郎を吉原裏同心に抜擢。幹次郎・汀女夫妻の後見役。

仙右衛門……吉原会所の番方。四郎兵衛の腹心で、吉原の見廻りや探索などを行う。

玉藻……料理茶屋・山口巴屋の女将。四郎兵衛の実の娘。

村崎季光……吉原会所の前にある面番所に詰めている南町奉行所隠密廻り同心。

足田甚吉……豊後岡藩の中間。幹次郎・汀女の幼馴染。

薄墨太夫……人気絶頂、三浦屋の花魁。

遣《やり》手《て》——吉原裏同心（6）

第一章　菖蒲《あやめ》の辻

一

未明の吉原仲之町《よしわらなかのちょう》に慌《あわ》ただしい気配があった。

神守幹次郎《かみもりみきじろう》は若《わか》い衆《し》の金次《きんじ》に導かれて大門《おおもん》を潜《くぐ》るとき、面番所《めんばんしょ》を見た。

江戸町奉行所の隠密廻《おんみつまわ》り同心が詰める番所だ。廓内《くるわない》の騒ぎなれば当然出張りの態勢が見えてもよい。だが、面番所の戸は閉じられ、仮眠中の様子であった。

官許《かんきょ》の遊里《ゆうり》吉原は江戸町奉行の支配下にあった。だが、実際は仲之町を挟んで面番所の反対側にある吉原会所《かいしょ》、通称四郎兵衛《しろべえ》会所にその自治権と捜査権を委《ゆだ》ね、内与力や町奉行は節季《せっき》のときのみ吉原に姿を見せ、酒肴《しゅこう》の供応《きょうおう》を受けたあと賂《まいない》を贈られて八丁堀《はっちょうぼり》の役宅まで舟で送られて戻る、それが習《なら》わしになっていた。常時交代で詰めているその配下の隠密廻り同心らもまた当然のように骨抜きにされていた。

「まだ面番所には知らせていませんや」

金次が言った。

頷《うなず》いた幹次郎は足を速めた。

桜の季節が去り、仲之町の通りには菖蒲《あやめ》が植《う》えられていた。常夜灯《じょうやとう》の灯《あか》りに薄紫の花が浮かび、爽《さわ》やかな初夏を思わせた。

仲之町から角町《すみちょう》に曲がる。目当ての大籬《おおまがき》（大見世《おおみせ》）新角楼《しんかくろう》の入り口が開いて、遊女に送られて番頭風《ばんとうふう》の客が姿を見せた。

そろそろ七つ（午前四時）が近い、お店者《たなもの》ならば早々に店に戻らねばならない刻限《こくげん》だ。

後朝《きぬぎぬ》の別れを惜《お》しむ男女が朝靄《あさもや》の中を大門へと向かった。

幹次郎は江戸の刀研《と》ぎ師が豊後行平《ぶんごゆきひら》と見立てた無銘《むめい》の刀を腰から抜いて、手に提《さ》げ、薄暗い入り口を入ると広い土間に身を入れた。そこには会所の小頭《こがしら》の長《ちょう》吉《きち》がいた。

「ご苦労にございます」

幹次郎はただ頷いた。

金次から長吉の案内《あない》に代わり、幹次郎は吉原でも全盛を極める大籬の一軒、新角楼の大階段を二階へと上がった。

いずれ菖蒲か杜若《かきつばた》、新角楼は華栴《かせん》と白妙《しろたえ》というふたりの花魁《おいらん》を抱えて、客足が途絶えたことがなかった。そんな売れっ子の花魁に引かれて若い遊女たちも競い合って客を呼び、新角楼の内証《ないしょう》（帳場《ちょうば》）は、

「一夜百両の花が咲く」

と噂《うわさ》されていた。

大階段を上がったところに二階を仕切る遣手《やりて》の小部屋があった。妓楼《ぎろう》にとって二階は華やかな表舞台だ。

遣手はどこの妓楼でも遊女の古手《ふるて》が就《つ》くが、主《あるじ》の信頼があり、機転が利いて、客の品定めができなければ務まらない役柄だ。ときに遊女たちに嫌われ、煙たがられつつも、客の懐《ふところ》具合を読んで、遊女に貢《みつ》がせるように仕向ける腕前がなければ、一人前の遣手とはいえなかった。

その遣手部屋の障子《しょうじ》がぴたりと閉められていた。

「番方《ばんかた》、神守様がお見えです」

「入っていただけ」

障子の向こうから吉原会所の番頭格、番方の仙右衛門《せんえもん》の声がした。

「御免《ごめん》」

幹次郎は障子を開いた。

三畳ほどの小部屋に行灯《あんどん》が置かれ、左に小箪笥《こだんす》があった。小箪笥の脇に引付部屋の控《ひか》えの間に通じる襖《ふすま》があった。その長押《なげし》に新角楼の遣手のおしまが扱《しご》き帯《おび》で首を括《くく》ってぶら下がっていた。まだ死んでそう刻限《とき》は経っていないのか、下向きの顔の頬《ほお》に赤みが残り、袷《あわせ》の裾《すそ》から伸びた素足《すあし》は畳《たたみ》につきそうなほどだらりとしていた。

足元に首を括るときに乗ったか、箱枕《はこまくら》が転がっていた。

仙右衛門は首吊《くびつ》りしたおしまと向き合うように座していた。

「なんぞ不審《ふしん》かな」

番方に訊《き》いた。

遊女三千人を支えて暮らす吉原には女衆《おんなし》から男衆《おとこし》まで遊女の数に四、五倍する住人がいて、守《も》り立て役に徹していた。陰で遊女を支える暮らしには苦労が多かった。それだけに自死もあれば刃傷沙汰《にんじょうざた》も頻発《ひんぱつ》した。おしまのように表舞台にいた女が、ときに無常《むじょう》を感じて自死することも珍しくない。

「へえ、おしまって遣手、新角楼の身上《しんしょう》を左右するほどの腕利きでしてねえ、客の心づけと茶屋《ちゃや》からの返しで下手《へた》な花魁より稼《かせ》ぐと評判の遣手なんで。当人はなにより小判《こばん》が好き、働くのが好きというわけで、とても首を括るような女じゃねんでさあ」

「番方、とは申せ、人の心は移ろい易《やす》きものでな、花魁たちを床入《とこい》りさせて、この部屋に独りになったとき、つい無常の風に誘われることもあろう」

「神守様もだんだんと吉原の色に染《そ》まられていきますな」

にたりと苦笑いした仙右衛門が、まだ立ったままの幹次郎に、

「扱き帯の結び目を確かめておくんなせえ」

と言った。

うーむ
幹次郎は手に提げていた刀を小部屋の隅《すみ》に立てかけると、白髪《しらが》が目立つおしまが首を括った帯の結び目を確かめた。

おしまは扱き帯の端に小さな輪を作り、もう一方の端をその小さな輪に入れて長押に結びつけ、輪っかを自分の首に掛けてぶら下がっていた。

幹次郎は行灯を手にするとおしまの首辺りに灯りを当てた。扱き帯がかなり食い込んでいて、襟首《えりくび》には帯のかかった位置とは違う場所に、ふたつめの強い鬱血《うっけつ》の跡《あと》が残っていた。

「おかしいな」

「おかしゅうございましょう」

「おしまの体は鶏《とり》がらのように痩《や》せておる。首を括っただけでこうも扱き帯が食い込むものか」

「それに帯からずれた鬱血の跡がござる」

仙右衛門は手にしていた煙管《キセル》を首に見立て、雁首《がんくび》辺りを片手でぐいっと絞《し》める真似《まね》をした。だれかがおしまの首に扱き帯を掛け、後ろから力任《まか》せに絞《しぼ》り上げた。ふたつめの鬱血の跡は首を絞めるときについた跡だというのだ。

「おしまを絞め殺したあと、長押に扱き帯の端を結んだんですぜ」

「そのようだな」

「下手人《げしゅにん》はふたりか」

仙右衛門は死んだおしまの体を抱える役、扱き帯を長押に結びつける役のふたりがかりかと自問していた。

「必死になれば独りでできないこともなかろう」

幹次郎は痩せたおしまの体を肩に抱え上げて、長押に扱き帯を結ぶ真似をした。

「男であればできますねえ」

と答えた仙右衛門が、

「長吉」

と廊下で待つ会所の小頭を呼んだ。長吉たちが遣手部屋に入ってきて、おしまを長押から下ろす作業に取りかかった。

扱き帯が小刀で切られ、下ろされた体に有り合わせの布がかけられた。そして、客と出会わないうちにと一階へと下げられた。

「番方、殺しなれば朋輩《ほうばい》の男衆、女衆に加えて、客も調べねばならぬな。すでに何人かの客は帰ったようだが」

「へえ。まだおしまの首吊りは楼では内密なんで。客筋はしっかりしていますので、帰った客の身許《みもと》もまず判明しますでしょう」

と仙右衛門が答えた。

「おしまの首吊りは表に出さないというのかな」

ならば神守幹次郎の出番はない。

「神守様、妓楼の主の助左衛門《すけざえもん》さんがなんとしてもおしまの首括りは自裁《じさい》ということで済ませてくれと四郎兵衛様に直談判《じかだんぱん》されたんですよ。実は、昨晩から厄介《やっかい》な客が泊まってましてねえ、面番所の隠密廻りも手が出せる相手じゃねえそうなんで。七代目がどうお答えなさったかは分かりません」

仙右衛門は幕府の重臣が泊まっていたことを示唆《しさ》した。

「殺しであった場合でも下手人を見逃せと申されたのか」

「帳場に下りましょうかえ」

幹次郎の問いには答えず、仙右衛門が促《うなが》した。

二階座敷のあちらこちらでは遊女たちが起きた気配があった。客を見送るためだ。

大階段を下りたふたりが向かった先は新角楼の内証だ。広さ十六畳ほどはありそうで造りもしっかりしていた。座敷の縁起棚《えんぎだな》の下に新角楼の主、助左衛門が憮《ぶ》然《ぜん》とした顔で煙管を咥《くわ》えていた。

「番方、ご苦労だねえ」

幹次郎には目顔《めがお》で挨拶《あいさつ》した。

せかせかと最後の一服を吸った助左衛門が煙草盆《たばこぼん》の灰吹《はいふ》きで雁首を叩いて、

「頭取《とうどり》と話したよ」

と言った。

「頭取に客を留《と》め置くことだけは勘弁《かんべん》してもらったがねえ、おしまが殺されたのであればなんとしても下手人は探し出すと言ってなさる。どうだ、番方」

と仙右衛門に問うた。

「殺しにございます」

「糞《くそ》ったれが」

と助左衛門が罵《ののし》り声を上げた。

「たしかかね」

「たしかにございます」

しばし無言で考えを纏《まと》めていた主は、

「おしまにはうちも稼がせてもらった。先刻は内密にしたいと頭取に言ったがね、殺されたとあれば下手人を探してとっ捕《つか》まえ、おしまを成仏《じょうぶつ》させねばなりませんな」

「へえっ、仰《おつしや》る通りで」

と仙右衛門が答えた。

四郎兵衛会所の意向を知った新角楼の主助左衛門も覚悟を決めたようだ。

「助左衛門さん、まず昨日の泊まり客の名が知りたい」

「すぐにはできませんよ、うちは大所帯《おおじょたい》です。女郎《じょろう》も多ければ客も多い。番頭に後ほど書付《かきつけ》を用意させよう」

と答えた助左衛門が、

「あとで商《あきな》いに障《さわ》るようなことだけはやめてくれないか、番方」

「旦那、吉原会所の御用だぜ。どちらを向いて仕事するかくらいは承知だよ。わっしらはまず新角楼の抱《かか》え女郎、奉公人《ほうこうにん》から調べる。それでも怪《あや》しい者がいないようであれば客に手を伸ばす」

「私どもも調べるというのか」

「人ひとりの命が絶たれているんだ、仕方ございませんよ、助左衛門さん」

「なにが知りたい」

「旦那は引《ひ》け四《よ》つ（午前零時）の前後、どうしていなさった」

「花魁と客が床入りしたあとが内証の仕事だ。その夜の客の遊び代の請求を次の朝までには茶屋に出すんでねえ。女房のおかると番頭の佐蔵《すけぞう》が一緒でそろばん勘《かん》定《じょう》が八つ（午前二時）の頃合まで続きましたよ」

「おしまの首吊りを佐蔵が見つけたのが、八つ過ぎですか。なんで佐蔵はそんな刻限に遣手の部屋を訪ねたんで」

「私の命《めい》ですよ。座敷に出した銚子《ちょうし》の数が合いませんでねえ、確かめにやったんです」

遣手の仕事のひとつは客の座敷に出す酒の注文を受けることだ。それで請求の額《がく》が決まった。

「見つけたのが番頭でよかったよ、あれで騒ぎ立ててたら、大事《おおごと》になっていました」

助左衛門が番頭の冷静な行動を褒《ほ》めた。

「番頭さんを呼んでもらえましょうかねえ」

番方の注文に助左衛門が手を叩くとどこに控えていたか、番頭の佐蔵がすぐに姿を見せた。五十を過ぎた古狸《ふるだぬき》の番頭だ。むろん番方とは昵懇《じっこん》、幹次郎も顔くらいは承知だ。

「佐蔵さん、おまえさんがおしまの首吊りを見つけた様子を話してくれませんか」

「番方、話すもなにも遣手部屋の障子を開いたらおしまさんが長押にぶら下がっていたんで。私はさ、腰を抜かしそうになったがねえ、ここで騒ぎ立てちゃあならないと己に言い聞かせてそっと障子を閉めて静かに内証に下りて、旦那に知らせたんですよ」

「さすがに新角楼の大番頭さんだ、肚《はら》が据《す》わってなさる」

と褒めた仙右衛門が訊いた。

「おしまの部屋に異変《いへん》はございませんでしたか」

「おしまさんが首を括っている以外はなにも」

と答えた佐蔵は、

「待てよ」

と首を傾《かし》げた。

「見たのはおしまさんの首吊りだけだが、番方に言われてみれば人の気配を感じたような感じなかったような、そんな気がするな」

「気配って、どうしてそう感じなさったんで」

「おしまさんの体がかすかに揺れていたようでした、それで気配を感じたのかもしれませんや」

仙右衛門がしばらく沈黙《ちんもく》して考え、

「おしまを手にかけた下手人は、二階座敷にいた者と限ってようござんしょうね」

と旦那と番頭に訊いた。

ふたりが同時に頷き、助左衛門が、

「帳場には佐蔵と私、それに女房が起きていたんだ。大階段、裏階段とあるが、いくらそっと上がろうと私どもが気づきますよ。となれば二階にいた者ということになる」

「引け四つから番頭さんが首吊りを見つけた八つ過ぎの間に二階にいたのは、客と遊女衆に、遣手のおしまだけですね」

「その刻限ならば他に奉公人はいませんよ」

と助左衛門が請《う》け合った。

「旦那、おしまは遣手の中でも腕利きだ。客からの祝儀《しゅうぎ》と茶屋からの返しも多いと聞いた。かなり貯《た》めていたろうね」

「そりゃあもう、女郎の中にはおしまに金子《きんす》を借りていた者もいたくらいだ。百両や二百両の金子は貯めていたろう」

「ほう、面白いな」

「番方、金子の貸し借りで揉《も》めごとかなどと気を回さないでくださいよ。おしまさんは金貸しを常習にしていたんじゃない、節季ごとの見栄《みえ》が張れない女郎なんかに親切でさ、金子を立て替えたことがあるってだけの話だ」

と番頭が釘《くぎ》を刺した。

「番頭さん、おしまは貯め込んだ金子をどこに仕舞《しま》っておいたんでしょうかな」

「そりゃあもう、殺された遣手部屋のどこかに隠してあったと思いますよ。この吉原では金が命だ」

「調べました。だが、どこからも小判一枚どころか、小粒一枚出てきません」

仙右衛門の答えにふたりが愕然《がくぜん》とした。

「まっ、待ってくださいな。たしかな話で」

「狭い部屋だ、調べるところは一応調べました」

「貯め込んだ金子を目当てにおしまを殺したというので」

助左衛門が番方に問い質《ただ》し、顔を何度も横に振った。

「旦那様、まさかおしまは亭主《ていしゅ》のところに金を預けてはいますまいな」

と佐蔵が助左衛門に伺《うかが》いを立てた。

「おや、おしまは亭主持ちでしたか」

仙右衛門も知らなかったとみえて訊いた。

「ええ、おりました。あまり知られていませんがな」

「廓内の住人で」

「揚屋町《あげやちょう》裏の大黒湯《だいこくゆ》の長屋に住む大工《だいく》の仲次《なかじ》ですよ」

と答えた佐蔵が、

「そうだ、旦那様、この一件、仲次には知らせないでよろしいので」

と主に訊いた。

「酒呑みの亭主でも亭主は亭主、知らせないといけませぬな」

助左衛門が応じた。

吉原は鉄漿溝《おはぐろどぶ》と高塀に囲まれた町でもあった。

引手《ひきて》茶屋や妓楼の裏手の路地《ろじ》奥には、雑貨屋、八百屋《やおや》、油屋、薪炭商《しんたんしょう》、酒屋、本屋、質屋《しちや》、医師、手習い指南《しなん》と暖簾《のれん》を掲《かか》げていて、職人たちも大工から左官《さかん》まで揃《そろ》っているのだ。

仲次もそのひとりのようだ。

「おしまと仲次はいつ夫婦《めおと》になったんで」

「おしまがうちの遣手になった年、今から十三、四年前かねえ。最近ではあまり亭主の家にも戻っていませんよ。仲が悪いとは聞いちゃいませんが、なにしろおしまは仕事が好きなんで」

　と助左衛門が答えた。

「わっしらが仲次に知らせよう」

　妓楼は客を送り出し、花魁たちは一時の安眠に就いていた。花魁に話を聞くにも今は一番悪い刻限だ。

　仙右衛門はその間を利用して仲次に話を聞こうと考えたのだ。

　幹次郎も立ち上がった。

「旦那、おしまの亡骸《なきがら》は会所から浄閑寺《じょうかんじ》に運びますかえ」

「調べがついたらそうなろうな」

　と助左衛門が頷いた。

　仲次はおしまの亭主とはいえ関わりが薄かったようだ。吉原では夫婦よりも抱えの楼主とのつながりが深い場合があった。三ノ輪《みのわ》にある浄閑寺は女郎の投げ込み寺だ。

「ならば仲次にもそう伝えておこう」

　ふたりが新角楼の帳場から土間へと向かおうとすると番頭の佐蔵が、

「番方、客の名は会所に後ほど届けますよ」

と言った。

二

角町の通りに出た仙右衛門が懐に片手を突っ込み、一本の菖蒲を出した。懐に入れられていたせいで少し萎《しお》れていた。

「おしまの襟元に差し込まれていたんで」

「菖蒲が襟元に」

幹次郎は目まぐるしく考えた。

仙右衛門の足が仲之町で止まった。遊女たちは眠りに就いていたが吉原はすでに営《いとな》みを開始していた。物売りが引手茶屋の裏口に入っていき、仕出《しだ》し屋が昨夜の膳《ぜん》を下げに歩いていた。

ふたりの視線は期せずして朝の光を浴びた菖蒲の植え込みにいった。

高田村《たかだむら》の植木職長《き ちょう》右衛門《えもん》の手にかかった菖蒲はしっとりとした紫の花弁《はなびら》を競わせていた。なにしろ吉原は一時の菖蒲の演出に六十両をかけていたのだ。

「なんぞ含《ふく》みがござろうな」

「おしまが自ら首を吊ったとしても首吊りに偽装《ぎそう》されたとしても菖蒲を襟元に差し込むには曰《いわ》くがございましょう」

「いずれ菖蒲か杜若」

「新角楼の華梅は菖蒲に喩《たと》えられる花魁だそうですな。華梅に恨《うら》みを残しおしまは死んだ、あるいは、華梅が下手人ということを指《さ》しておるとも考えられる」

幹次郎の婉曲《えんきょく》の謎かけに仙右衛門が明確に応じた。

ふたりは歩き出した。仲之町を横切る足運びは先ほどより緩《ゆる》やかだった。

「新角楼は華梅と白妙が競い合って客を呼んでおります。それだけに楼内は華梅を応援する奉公人と白妙派の奉公人に二分され、表立っての角突《つのつ》きはござんせんが、陰では結構に厳しい争いがあると聞いております。このふたつの派に加わってねえのは主夫婦と番頭の佐蔵、遣手のおしまくらいなもんだったでしょう」

「両雄《りょうゆう》並び立たずか」

「へえ」

「ということは、菖蒲は華梅を指し、おしま殺しは華梅、あるいは華梅派の仕打ち、仕業《しわざ》ということを告げているのか」

「そういうことになりますか。あるいはわっしらの調べの矛先《ほこさき》をそっちへと導《みちび》こうという魂胆《こんたん》か」

仙右衛門は揚屋町から西河岸《にしかし》へ入る木戸口《きどぐち》の手前で左の路地へと入り込んだ。妓楼と妓楼の壁が接した、人ひとりがようやく抜けられる程度の路地だ。

五丁町《ごちょうまち》の裏町には客の知らない蜘蛛道《くもみち》が縦横《じゅうおう》に張り巡らされていて、吉原会所の若い衆は目を瞑《つぶ》って蜘蛛道を走り、ようやく一人前と認められた。

幹次郎も蜘蛛道がどこへ通じているか頭に刻み込んでいた。

仙右衛門が進む薄暗い路地は、揚屋町と京町《きょうまち》一丁目の間で、その奥には葉桜と化《か》した老桜《おいざくら》が枝を広げる天女池《てんにょいけ》があった。

蜘蛛道の奥に入り込むと仙右衛門は最初の辻で右に曲がり込み、さらに左へ、路地は一層狭《せま》くなった。左右の家の奥から味噌汁《みそしる》の匂《にお》いが漂《ただよ》ってきたり、朝餉《あさげ》を食する気配が伝わってきたりした。

吉原の大工の棟梁《とうりょう》次郎吉《じろきち》の家の前に出た。仙右衛門は次郎吉の長屋の板塀《いたべい》に胸を擦《す》りつけるようにして奥へ潜《もぐ》り込んだ。

幹次郎は腰の豊後行平と目された剣を抜き、それを手に仙右衛門に続いた。腰に差していたのではつっかえた。

仲次の長屋はまるで切見世《きりみせ》（局見世《つぼね》）のようで、幅一尺五寸（約四十五センチ）、奥行一尺（約三十センチ）の狭い土間の奥に三畳ほどの板の間があった。

仙右衛門が建てつけの悪い戸を引くと仲次が夜具《やぐ》の上で煙草を吸っていた。

「仲次さん、ちょいと悪い知らせだ」

「番方か」

どこか抜けているような顔を仙右衛門に向け、咥え煙草で夜具を部屋の隅に丸めた。すると意外にも整理された板の間が現われた。仲次は四十二、三か。どことなく覇気《はき》が感じられない職人だった。

「上がらせてもらうぜ」

仙右衛門が上がり込み、幹次郎は上がり框《がまち》に腰を下ろして、半身を捻《ひね》り、仲次と向かい合った。

「なにがあった、番方」

「おしまが首を括った」

仲次がぽかんとした顔で仙右衛門を見ていたが、にたにたと笑い、

「朝っぱらから悪い冗談だぜ」

と漏《も》らした。

「殺されたって首を括る女じゃねえや。番方、他に用事があるんなら早く言いねえな」

仙右衛門が顔の前で手を振った。

「仲次さんよ、冗談で神守幹次郎の旦那まで引き出すと思うか。おしまが新角楼の遣手部屋の長押にぶら下がっていたかどうか、神守様に訊きねえ」

仲次の目が幹次郎にいった。幹次郎は頷いた。

「なんてこった」

と応じた仲次は、

「番方、おしまが首を括った理由《わけ》はなんだ」

「それが分からねえ」

「おしまは金を貯めるのが道楽《どうらく》、いや、生きがいの女だ。金でも失《な》くしたか」

「その金子だが、こっちに預けてねえかえ」

仲次の視点の定まらない目が大きく見開かれ、

「番方、夫婦ったって近ごろは名ばかりだ。命より大事な小判をおれなんぞに預けるものか。しっかりと片時も離さず手元に置いていたよ」

と答え、それが消えたというのかえと仙右衛門に尋《たず》ねた。

「少なくとも遣手部屋にはないな」

「おかしいぜ」

「どこがおかしい」

「おしまって女は、虎《とら》の子《こ》の小判を盗まれて気落ちして首を括るタマじゃねえよ。大騒ぎして新角楼じゅうが修羅場《しゅらば》になるぜ。待てよ、番方、おしまは殺されたってことはあるめえな」

「そう思うかえ」

茫洋《ぼうよう》とした仲次が鋭《するど》い問いを発してきた。

「朝っぱらから会所のお侍《さむらい》までおれの長屋に顔を突っ込むなんぞ尋常じゃねえ」

「仲次さん、おれたちもそう疑っている」

「やはりな」

仲次は納得したように肩を落とした。ふいに体が小さくなったように幹次郎には思われた。

「仲次さん、もしおしまさんが殺されたのだとしたら、下手人に心当たりはねえかえ」

「楼内の奴の仕業だな」

仲次ははっきりと言い切った。

「いやさ、なんの確証《あて》があるわけじゃねえや。だが、遣手部屋で首を括らされたなんて、外の奴にできる芸当《げいとう》じゃあねえぜ」

「まったくだ」

しばし狭い板の間を沈黙が支配した。

「おしまはいったいいくら貯めていたね」

「叩き大工のおれが知るわけもないさ、こちとらは稼ぎが悪いからな。推量じゃあ、女郎時代にこつこつと貯めた金子を含めて、二百三、四十両かねえ」

「大した金額だねえ」

「亭主はこの様《ざま》だ。いっそ気楽だがね」

仙右衛門の視線が幹次郎に向けられた。

「仲次どの、そなたとおしまさんはどちらで知り合われたな」

「女郎時代の客だったかと訊きなさるか、おれの給金《きゅうきん》では新角楼なんて上がれる気遣いはねえや。あれは十四年も前かねえ、おしまが女郎を引き、遣手になった。そのころ、おれがさ、五十間道《ごじっけんみち》の引手、相模屋《さがみや》の普請場《ふしんば》に入っていてよ、おしまが遣手になった挨拶に来たんだ。それがきっかけでなにかと声をかけ合う仲になり、ついには夫婦約束までしちまった。だがよ、お侍、夫婦の真似ごとをしていたのは最初の二、三年だけだぜ」

仲次の目はどこか遠くを見ていた。

幹次郎は仙右衛門に頷き返した。

「仲次さんよ、調べがついたら新角楼の助左衛門さんは浄閑寺に亡骸を運ぶと言ってなさるがそれでいいのかえ」

「弔《とむら》いの日時が決まったら声をかけてくんな」

「そうしよう、今日はどこの普請場だね」

「羅生門《らしょうもん》河岸の大国屋《だいこくや》の板壁の張り替えだ、酔った客が壊したのだと」

幹次郎が上がり框から立ち上がり、仙右衛門も腰を上げた。

「お侍、汀女《ていじょ》先生は様子がいいな。おしまがいつだか来て、えらく褒めていたぜ」

幹次郎は敷居口から振り返り、仲次を見た。照れたように仲次が片手を頭に上げ、掻《か》いた。

揚屋町に出て、ふたりは息を大きく吐《つ》いた。

ようやく六つ半（午前七時）時分か。

「華梅、白妙のふたりの花魁に話を聞くにはまだ早《はよ》うございますね。一度、会所に戻りましょうかえ」

仙右衛門は四郎兵衛に経過を報告しようと言っていた。

幹次郎に異論はない。

ふたりはその足で、江戸町《えどちょう》一丁目の路地に潜り込んだ。

和泉楼《いずみろう》と讃岐楼《さぬきろう》の間の路地は吉原会所の裏口へと通じていた。

この刻限ならば四郎兵衛が仲之町の七軒《しちけん》茶屋筆頭《ひっとう》の山口巴屋《やまぐちともえや》にいると見当をつけたのだ。

山口巴屋の裏口は会所の裏と接して、吉原会所の七代目頭取四郎兵衛は山口巴屋の主でもあったのだ。その茶屋はしっかり者の娘の玉藻《たまも》が切り盛りしていた。

果たしてふたりが山口巴屋の台所に顔を出すと玉藻が、

「お父《とっ》つぁんなら湯に入っているわ」

とふたりに言いかけた。

「もう上がる時分よ、朝餉を食しながら待っていてくださいな」

と板の間に接した帳場座敷にふたりの膳を運ぶように女衆に命じた。

吉原の上客《じょうきゃく》はいきなり妓楼に上がることはない。しかるべき引手茶屋を通して、妓楼に向かう。茶屋に財布を預けていくのが習わしであり、客が妓楼で遊び代を精算《せいさん》するような野暮《やぼ》な真似はしなかった。遊興のあとは引手茶屋に引き揚げて、湯に浸《つ》かり、朝餉を食して大門を出るのだ。すべて遊び代は茶屋に払われ、後々、茶屋と妓楼の間で精算がなされる。

馴染《なじみ》ともなれば茶屋に次の遊び代も預けていく。

茶屋の信頼を勝ち取らねば吉原の通《つう》の客とは言えなかった。そんな吉原内外にある数多《あまた》の引手茶屋の筆頭が仲之町にある七軒茶屋である。

膳部には鯵《あじ》の干物《ひもの》、卵豆腐《たまごどうふ》、青菜の白和《しらあ》え、若布《わかめ》の味噌汁に香《こう》のものが並んでいた。

黙々と食したふたりが箸《はし》を置いた頃合、湯殿《ゆどの》から四郎兵衛が戻ってきた。七軒茶屋ともなると、客のために朝風呂が立ててある。

「神守様、番方、ご苦労だったねえ」

四郎兵衛がよく磨《みが》かれた長火鉢《ながひばち》の前に座り、玉藻が三人に茶を運んできた。四郎兵衛には梅干《うめぼし》の小皿が添えられていた。

「七代目、おしまは縊《くび》り殺されておりました」

やはりな、と頷いた四郎兵衛は、

「助左衛門さんが内々にしてくれ、客を巻き込まないでくれと必死になるわけだ」

「えらく反応が早うございましたねえ」

うーむ、と答えた四郎兵衛が、

「昨夜の華栴の客は、御奏者番《ごそうしゃばん》の越後長岡《えちごながおか》藩七万四千石の牧野備前守忠精《まきのびぜんのかみただきよ》様の留守居役遠村図書《るすいやくとおむらずしょ》様という切れ者だったそうです」

御奏者番とは殿中《でんちゅう》における武家の礼式《れいしき》を司《つかさど》り、年頭や五節季に諸侯《しょこう》が将軍に謁見《えっけん》する際に取次ぎをなしたり、進物《しんもつ》を披露《ひろう》したりする職掌《しょくしょう》で、譜代大名《ふだいだいみょう》から選ばれた。この役を務め果《おお》せれば、寺社奉行《じしゃぶぎょう》、老中《ろうじゅう》と昇進《しょうしん》の道が開けた。

それだけに絶大な力を有していた。

この主の代役をなすのが江戸留守居役であり、幕府と主の威光《いこう》を笠に着て威張《いば》る者もいた。

官許の遊里、吉原は、身分の上下に隔《へだ》てなく花魁との駆け引きだけが遊びの作法だと喧伝《けんでん》して飄客《ひょうかく》を集めていた。だが、官許である以上、それを取り締まる町奉行所、さらにはそれを管轄《かんかつ》する幕府高官には吉原は弱かった。

「おしまが長押にぶら下がっていた刻限、長岡藩の留守居役どのは新角楼におりましたんで」

と番方が訊いた。

「助左衛門は番頭からおしまの首吊りの話を聞くとすぐに華栴の座敷に上がり、面倒がかかるといけないからと遠村にお帰りを願って吉原の外に出し、その足で会所に届けてきたというわけです」

「手際《てぎわ》がいいや」

「妓楼は上客の機嫌《きげん》を損《そこ》ねたくありませんからな」

そこで仙右衛門が改めて新角楼で見てきたことを報告した。

「ほう、面白いことですな。菖蒲を襟元に差し込まれて死んでいたのですか、遣手は」

「遣手部屋を当たりましたが、仲次が二百三、四十両は貯めていたろうと推測する金子は出てきませんでした」

「大籬、それも五丁町で急速に力をつけてきた新角楼の二階座敷で遣手が殺され、金子が紛失した……」

四郎兵衛は首を捻った。

「金目当てか、それとも襟元に差し込まれた菖蒲になんぞ含みが隠されておるか」

と呟《つぶや》いた四郎兵衛が、

「番方、華栴と白妙の角突き合わせはどの程度でしょうかな」

と訊いた。

「へえっ、表立ってはなにもねえというのが助左衛門さんのご意見でさあ。だが、ふたりに付く番新《ばんしん》、振新《ふりしん》、禿《かむろ》なんぞは結構気にしているようですぜ」

「新角楼に売られてきたのはどちらが先だ」

「在所《ざいしょ》から女衒《ぜげん》の手に引かれて十三で身売りして禿になったのが華栴でさあ。一方、白妙は十七歳で身売りされ、いきなり振袖新造《ふりそでしんぞう》で人気になった。たしか没落《ぼつらく》した旗本《はたもと》の娘で江戸育ちでしたな。生まれも育ちも吉原に入った歳も違います。だが、互いに美形の上に客あしらいがいい、競い合ったことも良いほうに転がったのでしょう。忽《たちま》ち新角楼の米櫃《こめびつ》になった。月替わりでお職《しょく》を張り合っていますそうで」

「気性はどうだ」

「華栴は勝気、白妙はおっとりしていると聞いています。だが、この辺りは汀女先生に尋ねたほうがいいかもしれませんや」

幹次郎は番方に顔を向けた。

「ふたりしてたしか汀女先生の弟子《でし》にございますよ」

「それは知らなかった」

「あまり熱心な弟子とは言えないようです」

汀女は吉原の遊女たちに文《ふみ》の書き方、習字、和歌俳諧《わかはいかい》など文芸百般《ひやっぱん》を教えていた。同時に遊女たちが文の中で書く内容や手習い中にふと漏らす言葉の断片から隠された心模様を探り、それが遊女にとって不幸を招《まね》くと思われたり、吉原に不為《ふため》と考えられることを吉原会所に告げる密偵《みってい》の役も負わされていた。

それが永《なが》の流浪《るろう》の果てに安住《あんじゅう》を得た汀女の新しい役目だった。

ふたりが熱心な汀女の門弟ではないにしても、汀女は格別の考えを持っているかもしれなかった。

仙右衛門はそのことを言っていた。

「まだ華梅花魁や白妙花魁が起きてくるには間がありましょう。それがし、長屋に立ち戻り、姉様《あねさま》と話してみます」

「そうしていただけますか」

幹次郎は四郎兵衛に会釈《えしやく》して立ち上がった。

大門を出た幹次郎はふと殺されたおしまの亭主の仲次が言った言葉を思い出していた。

「……おれがさ、五十間道の引手、相模屋の普請場に入っていてよ、おしまが遣手になった挨拶に来たんだ」

と知り合ったきっかけを告げたのだ。

五十間道の向こうにその相模屋が見えた。廓の外にある引手茶屋は、外茶屋《そとぢやや》とも呼ばれる。

幹次郎は豊後岡《おか》藩にいたころの朋輩、足田甚吉《あしだじんきち》が相模屋にいることを思い出した。

甚吉の勤《つと》めぶりを見るついでに、主に会ってみるか、そう気持ちを決めた。

相模屋の裏口に回った。すると薪割《まきわ》りの音がして、甚吉の声が賑《にぎ》やかに響いてきた。

「おはつさん、割った薪が飛ぶと危ないぜ。下がっていなせえ」

幹次郎が裏の通用口をすいっと押し開けた。

裏庭で、ねじり鉢巻《はちまき》の甚吉が斧《おの》を高々と持ち上げ、振り下ろした。薪が見事に割れて、見物の女たちから歓声が沸《わ》いた。

「甚吉」

の声に甚吉が振り向くと、

「幹やん、おれの勤めぶりが心配で見に来たか」

と叫ぶように訊いた。

「それもある」

幹次郎は相模屋の敷地に入った。

女たちの中におはつもいた。おはつは吉原会所が所有する久平次《くへいじ》長屋に住まいしており、そこへ甚吉が越していって独《ひと》り者同士親しくなったのだ。

この相模屋の仕事もおはつの口利きだった。

「幹やん、おはつさんのお陰でよいところに勤め口が見つかった」

甚吉は屈託《くつたく》もなくおはつを見た。

歳のころは三十半《なか》ばに差しかかった頃合か、どうやら相模屋の女衆の中でも姉《ねえ》さん株《かぶ》と考えられた。

幹次郎は、

「甚吉が世話をかける」

とおはつに挨拶した。するとおはつが困ったような表情で、

「いえ、相模屋では男衆が辞《や》めたばかり、旦那に口を利いただけです」

と答えた。

「ちと尋ねるが、そなたはこの相模屋に勤めて長いのかな」

「幹やん、おはつさんは二十《はたち》歳前から相模屋に勤めておられるのだ。なんでもよう承知じゃやぞ」

と甚吉が答えた。

「新角楼の遣手おしまを承知か」

「はい。世話になっております」

「ならばちと尋ねたいことがある」

おはつが迷った風情《ふぜい》のあと、

「神守様、会所の御用にございますか」

と問い質した。

神守幹次郎が吉原会所の御用を賜《たまわ》っていることをおはつは承知していた。

「そう考えてもらってもよい」

「ならば帳場に断って参ります」

おはつが庭から台所へ小走りに駆けていった。

「なんだ、おれのことが心配で見に来たんじゃないんだ」

「そなたが楽しそうに働いておるのは外からも窺《うかが》えた。心配はしておらぬ」

と答えたところへおはつがまた姿を見せた。

三

浅草田圃《たんぼ》の青々とした早苗《さなえ》の上を風が吹き渡り、さわさわと波のように揺れていた。

おはつと幹次郎が立ち、向かい合った。

「おしまさんとはどんな人かな」

「利発な方にございます」

とまずおはつが言い切った。

「遣手はときとすると妓楼の主に代わって花魁衆の憎まれ役、鬼婆《おにばば》のように嫌われもします。ですが、おしまさんは花魁衆と楼主の間を上手に取り持つ遣手と聞いております。引手茶屋にとっても得がたい遣手で、新角楼はおしまさんで持つ、と評判がよい方です」

「引手茶屋にとってよい遣手とはどんな遣手かな」

「おしまさんは客の見分けが上手で、危ない客は引手茶屋にそっと教えてくれます。引手にとって遊び代が焦《こ》げつくことが一番の大事です。それから、おしまさんはうちのような中程度の引手茶屋の客であれ、山口巴屋様のような大店《おおだな》の旦那衆であれ、分け隔てなしに客に気持ちよく遊んでもらうことを心得ておられます。それだけに引手や客からの祝儀は他の遣手よりも多いと思います」

頷いた幹次郎は、

「新角楼にはふたりの売れっ子花魁がおられるな」

「華栴様と白妙様ですね」

「いかにも。ふたりが並び立つのはなかなか難しいと思うがこのふたりのことでなにか漏らしたことはないか」

おはつの即答が途切れた。しばし間があって、

「苦労なされたようです、珍しく弱音を吐かれたことがございます」

「どのような弱音かな」

おはつの視線が幹次郎を射た。

「なぜそのようなことをお訊きになられます」

「本末明、おしまは亡くなった。首を括ってな」

おはつが嫌々をするように顔を横に振った。が、その動きが急に止まり、

「自ら首を括られるような弱いお方ではございません」

と声を強めて言った。幹次郎が首肯《しゅこう》し、

「殺しの疑いがかかっておる」

「やはり」

「おしまが貯めていたはずの金子二百三十余両が消えておる。ゆえに会所の調べが始まったというわけだ」

おはつはしばし呆然《ぼうぜん》として、おしまとの思い出にでも耽《ふけ》っている表情を見せた。

「たしかに新角楼様では華栴花魁と白妙花魁を応援する二派に分かれていたようにございます。また旦那の助左衛門様がそれを煽《あお》りたて競い合わせていたとおしまさんは漏らしておられました。ふたりの花魁を競い合わせますと遊び代は大きくなりましょう。相手より売り上げを伸ばすために客を喜ばせる、花魁方はどちらもぎりぎりのところで鬩《せめ》ぎ合いをなされていた。おしまさんは吉原の粋や見栄を捨ててまでの張り合いはどうかと考えておられたようです」

「おしまがどちらかに肩入れしていたということはないか」

「話がしやすいのは町屋《まちや》の出の華栴様と申されていました。ですが、肩入れをするほどではございますまい。なにより利口な方ですから」

幹次郎は大きく頷いた。

「亭主の仲次についてなにか漏らしたことはなかったか」

「おしまさんと仲次さんはうちで知り合ったのです」

「そのようだな」

「まず仲次さんのことを話されることはございませんでした。知り合ったころの熱は冷めていたのでしょう。夫婦とはおよそそのようなもの」

と言ったおはつが、あっ、という声を漏らした。

「どうした」

「いえ、神守様と汀女先生のようにいつまでも仲がよろしいご夫婦もおられます」

「うちは子供がおらんでな」

幹次郎は当たり障りのない答えをした。

そのとき、おはつの顔が変わった。

「おしまさんは子を生《な》したことがあると漏らされたことがございます」

「子を。仲次との子か」

「いえ、お女郎さんのころのことだと思いました」

女郎時代となると十五年以上も前か。産んだのであろうか」

女郎が妊娠するとまず堕胎《だたい》させられた。もはや手に負えないほど妊娠が進むと、

「乳《ちち》が黒くなって三ノ輪へ蟄居《ちっきょ》させ」

と古川柳《こせんりゅう》にあるように、三ノ輪や今戸《いまど》近辺にあった寮《りょう》で出産させた。

「口ぶりではお産みになったような感じでした」

「男か女か分からぬか」

生まれた子が男なら金をつけて里子《さとご》に出し、女で器量がよければときに禿とし
て妓楼で育てられることもあった。

「男と思います、大店の跡取りとして里子に出されたとちらりと漏らされまし
た」

このことがこたびの事件と関わるかどうか幹次郎には推測がつかなかった。

手間を取らせたな、と詫びた幹次郎は、

「甚吉のことでも世話になっておる」

「いえ、甚吉さんには私のほうが」

「あのような男だ、これからも頼む」

おはつが幹次郎の言葉に小さく頷いた。


左兵衛《さへえ》長屋に戻るとちょうど昼餉《ひるげ》の刻限だった。

「おや、お早いお戻りですねえ」

二階の座敷で文机《ふづくえ》を出して花魁が書いた文に朱を入れていた汀女が言い、慌てて立ち上がった。御用で呼び出されたにしては帰りが早すぎた。

「姉様にちと訊きたいことがあって戻った」

「お腹《なか》も空《す》かれたでしょう、今、素麵《そうめん》を茹《ゆ》でますでな」

襷《たすき》をかける汀女に、

「朝餉は玉藻様のところで馳走《ちそう》になった、そう空いてもおらぬ」

と言ったが汀女は頷き返して手炙《てあぶ》りの埋《うず》み火を竈《かまど》に移して釜をかけ、湯を沸かす算段を手際よく終えた。そうしておいて、

「訊きたいこととはなんですね」

と振り返った。

「新角楼の華栴と白妙が姉様の弟子と聞いた」

「今朝の御用はふたりに関わることにございますか」

幹次郎はざっと事件の概要を告げた。

「なんと遣手のおしまさんが殺されなすった」

「姉様はおしまも承知していたか」

「いつぞや山口巴屋様の前を通りかかられ、玉藻様に紹介されました」

「そうであったか」

汀女は薬味《やくみ》の小葱《こねぎ》と茗荷《みようが》を刻みながら、話を続けた。

幹次郎は汀女のきりりとした背と項《うなじ》を見つめながら話を聞いた。

「幹どの、華栴様も白妙様も熱心な弟子ではございません。最初に白妙様がお見えになり、その次には競うようにして華栴さんが私のもとへ参られました。これまでふたりは三、四度くらい手習いに通われましたか。白妙様は武家の出、書も文もお上手です。ですが、ちと定型にとらわれ、面白みがございません。華栴様は禿からの吉原育ち、なんでもよう承知の花魁です。書も文も自在ですが、同じ大籬の三浦屋《みうらや》の太夫《たゆう》薄墨《うすずみ》様に比べるとだいぶ格が落ちます。薄墨様には五体《ごたい》から自然に滲《にじ》み出る気品、人柄がございますし、それが文に表われます。まあ、華栴様にはそれはございません。その分、お客によっては気楽と申されるかもしれませぬな」

「薄墨太夫は当代一の花魁だからのう、致し方ないわ」

汀女がにっこりと笑みを浮かべ、

「薄墨様は格別、幹どのには優しゅうございますからな」

「優しかろうと邪険《じゃけん》にされようとその方々を守るのがわれらの務め、それだけのことだ」

頷いた汀女が、

「華栴様が菖蒲に、白妙様が杜若に喩えられておるのは、だれもが承知のことです。おしまさんの襟元に菖蒲を差し込み、いかにも華栴様がなにかをなしたかのような悪戯《いたずら》をするのは白妙様には似合いませぬ。第一、白妙様にも華栴様にも夜の間はお客がございましたろうに」

「あったようだ」

「となれば」

「菖蒲は探索を眩《くら》まそうという下手人の悪さかのう」

釜の湯が沸き、汀女は素麺を素早く茹でて、流しで水に晒《さら》し、大井の水に浮かした。小鉢に薬味を入れ、大井と朝から作っておいた出汁《だし》とを一緒に盆に載せ、年下の亭主のところに運んできた。

「お食べなされ」

「姉様も食べようぞ」

頷き返した汀女が台所に戻り、自分の器と箸を持ってきた。

二階の座敷の障子は開け放たれ、狭い庭に菖蒲が咲いているのが見えた。曲がりくねって風が通り抜けていく。

「頂戴《ちょうだい》する」

幹次郎は出汁にたっぷりと素麺を浸してするすると啜《すす》った。喉《のど》にも涼風が吹き通るような感触で胃に落ちた。

「長屋に戻る前にな、相模屋に立ち寄った」

「甚吉どのは馴染《なじ》んでおられましたか」

「長年奉公したような顔つきで働いておったわ。初めておはつさんとも話してみたが、なかなかしっかりとした人柄じゃな」

幹次郎はおはつと会った曰くを姉様に伝えた。

汀女が素麺をゆっくりと啜り、

「幹どの、おしまさんにお子がな」

と言った。

「気になるか」

「自らの腹を痛めて生したお子でしょう、気になりますするな」

そのとき、幹次郎は曖昧《あいまい》に頷いた。

素麺を食した幹次郎はふたたび吉原へ戻ろうとした。すると汀女が、

「これを被《かぶ》っていきなされ、幹どの」

と真新しい菅笠《すげがさ》を差し出した。

「日差しが急に強うなったでな」

幹次郎は長屋を出たところで菅笠を被り、大股で吉原へと戻り始めた。

大門を潜ると面番所から番方の仙右衛門が出てくるところだった。

おしまの一件を報告に行っていたのだろう。

吉原の実際の自治、探索には会所が当たったが、それを監督するのは町奉行所の隠密廻り同心だ。

その村崎季光《むらさきとしみつ》が姿を見せて、

「裏同心どのも精が出るのう」

と珍しく機嫌のいい顔を向けた。

「村崎様、冗談を申されますな」

「なにが冗談なものか。近ごろでは母屋《おもや》の面番所まで会所の裏同心どのに乗っ取られそうじゃぞ」

からからと笑った村崎が面番所に消えた。

苦笑いした仙右衛門が、

「これから新角楼に参ります」

「ご一緒しよう」

「汀女先生からなんぞよき話は聞けましたか」

「華栴と白妙のことなれば格別の話はないな。姉様に指摘されるまでもなく、客と床入りしていた花魁が遣手の部屋に抜け出られるものか。それに首括りを真似た殺しのあとで花魁が枕探しのように金子を探す光景がどうも浮かばぬ」

「痩せても枯れても大籬のお職を張り合う太夫です。まず女の仕業とも思えませんしな」

ふたりは仲之町から角町に折れた。

昼見世《ひるみせ》前の刻限、どことなく角町ものんびりとしていた。

仙右衛門と幹次郎は番頭の佐蔵に断り、まず白妙の二階座敷に通った。白妙は文を書いていたが、

「おや、番方」

と振り向き、

「汀女先生の旦那どのもご一緒ですか」

と細面《ほそおもて》の顔を向けた。臈《ろう》たけた美しさが顔から滲んでいる。

座敷はどことなく茶室のような感じに造作がなされ、それが白妙の出自を見せていた。机の周りも一分《いちぶ》の狂いもなく道具類が置かれ、書き上げられた文が綺麗に重なっていた。

「花魁、おしまの一件、聞いたな」

「大変なことが起こりましたそうな」

「なんぞ花魁が訝《いぶか》しく思ったことはないか」

「昨夜《ゆうべ》のお客は魚河岸《うおがし》、安針町《あんじんちょう》の佃屋《つくだや》の旦那様、目敏《めざと》い方でございまして、座敷から出ることもございませんでした」

頷いた仙右衛門が、

「おしまが亡くなって困るのはだれだえ」

「まず妓楼、そして、わちき、いえ、わたしどもにございましょう」

「花魁にとっておしまは得がたい遣手だったかえ」

「他の妓楼の遣手は存じませぬ。ですが、わたしにはなんの不足もない遣手にございました」

「殺した相手に心当たりは」

白妙はかたちのよい細面を激しく横に振った。

続いて訪れた座敷で華栴もまた客へ文を書いていたが、その周りには書き上げた文や書き損じが乱れ散っていた。

「汀女先生の旦那を間近で見るのは初めてでありんす」

「花魁は汀女先生の弟子だそうだな」

「それがあんまり熱心ではございざんせん、わちきの文は紅葉《もみじ》狩りの季節の重なり合う紅葉のように、先生の朱で真っ赤に染まって返ってきます」

と言うとけらけらと笑った。艶《つや》やかな丸顔が親しみを感じさせた。

「花魁の客は武家が多いそうだな」

「昨夜のお客様は御奏者番の留守居役にござんした。堅苦しい御奉公のお武家様は吉原に来て羽目を外《はず》すには、華栴くらいのお茶目がよいそうです」

「おしまが殺されたのは承知だな」

頷いた華栴が、

「楼内で華栴と白妙様の角突き合わせの犠牲になりんしたと風評が飛んでいるようでありりんす。わちきも白妙様もおしまさんを頼りにしておりました。おしまさんがいなくなって困るのはわちきどもにありりんす」

「花魁、おしまが殺された刻限が問題だ、二階座敷にいた者が関わったはずだが、心当たりはねえかえ」

「わちきの部屋も白妙様の座敷も遣手の部屋から一番離れた場所にござんす。なにが起こっても分かりっこありりんせん」

と華栴が答えた。

吉原の大籬は間口十三間《けん》（約二十四メートル）、奥行き二十二間（約四十メートル）、敷地は二百八十六坪を許されていた。妓楼は総二階造りである、二階だけで二百坪以上の広さがあり、大廊下、小廊下が複雑に入り組んで、華栴が大階段際の遣手部屋の物音など聞こえないというのはもっともだった。それに新角楼は五十五人の遊女を抱え、禿や男衆など奉公人を加えると大変な大所帯だ。

「花魁、邪魔をしたな」

と仙右衛門が言い、辞去《じきょ》しようとした。すると華栴が、

「おしまさんは近ごろなんぞ悩みを抱えておりんした」

と言った。

「悩みとはなんだな」

「さてそれは」

と嫣然《えんぜん》とした花魁の笑みに変えた華栴が、

「番方、おまえ様方の仕事にございますよ」

と謎を残して話を打ち切った。

「花魁、ひょっとしたらおしまの生した子のことではないか」

幹次郎がふと思いついた言葉を口にした。

「妓楼の中でも五人とは知らぬ話、汀女先生の旦那は隅には置けませぬな、番方」

「産んだ子のなにに悩んでいたんだ、花魁」

「答えやんした」

「それを調べるのがわっしらの仕事か」

「いかにもそうでありんす」

ふたりは帳場に下りた。そこでは番頭の佐蔵が書付を持って待っていた。

昨夜新角楼に登楼した客の名簿だ。

「番方、あの刻限、いたのは四十数人ほどだよ。これを調べるとなると一苦労だ」

佐蔵が仙右衛門に書付を渡した。

「たしかに大変だな」

「番頭どの」

幹次郎が声をかけた。

「なんでございますな」

「ご足労《そくろう》をかけてすまぬが、これらの客がどの花魁とどこの部屋に寝ていたか、すべて教えてくれぬか」

「なんですって！　名前を調べるだけでも大仕事だったんですぜ。これに二階座敷の部屋割りと遊女の名まで全部書き出せですと」

「相すまぬ、それがしも手伝おう」

ふうっ、と息を吐いた佐蔵が、

「また一刻《いっとき》（二時間）が無駄になりますよ」

「おしまどのが縊り殺されたのだ。番頭どののもそれくらいの義理はござろう」

「汀女先生の旦那も阿漕《あこぎ》だ」

けたけたけた、と仙右衛門が笑った。

新角楼の二階座敷の見取り図に花魁と客の名が全部入れられたのは一刻半（三時間）後のことだった。

「ご苦労でしたな」

満足そうに書き上がった見取り図に目を落とした幹次郎が顔を上げ、

「番頭どの、今ひとつ話が聞きたい」

「まだございますので」

佐蔵がうんざりした顔をした。

四

会所で見取り図が広げられていた。

それを七代目の四郎兵衛と番方の仙右衛門が覗き込み、四郎兵衛が煙管の雁首で引付座敷を指し、

すいっ
と横手に引いた。そこには廻し部屋があった。

「華梅の振袖新造の百武《ももたけ》と近江屋《おうみや》の若旦那一太郎《いちたろう》が居続けする廻し部屋か」

「三日になるそうにございます」

仙右衛門が答えた。

引付座敷とは初会《しょかい》の客が遊女と盃事《さかずきごと》をする座敷であった。初めての客が遊女の部屋や座敷に通されることはない。一度目、言葉も交わさずに盃事で終わり、二度目に裏を返すといっても何もせず、三度目でようやく馴染に昇格し床入りを許された。

自分の部屋を持つ遊女は部屋持ちと呼ばれ、太夫と呼ばれる花魁はさらに客を接待する座敷を与えられ、座敷持ちと呼ばれた。この他、妓楼に個室を持たない遊女がおり、廻し部屋で客の相手をした。

百武は姉女郎である華梅の許しを得て、客を取ることができ、ときに華梅に客が重なった場合、名代《みょうだい》を務めた。

四郎兵衛が指した廻し部屋と遣手のおしまの部屋は近かった。

「さて、こうなると一太郎がおしまの生した子かどうかということだな」

「新角楼の助左衛門さんと番頭が神守様の問いにおしまが子を生した前後のことを話してくれましたんで」

まだ小見世《こみせ》（総半籬《そうはんまがき》）だった新角楼の抱え女郎八重垣《やえがき》（おしま）が客の子を生したのは明和《めいわ》三年（一七六六）、二十一年前のことだ。

あまり器量がよいとはいえない八重垣だが、利発さと客あしらいのよさで結構筋のいい馴染客がいた。

助左衛門と佐蔵が妊娠の相手が分からぬという八重垣に、

「堕《おろ》す」

ことを命じた。だが、八重垣は頑《がん》として子を産みたいと言い張り、すでに六月《むつき》を越えていたこともあって、今戸の百姓家で赤子を産むことになった。

男子を出産した直後、八重垣の姿が赤子と一緒に消え、新角楼では子を連れて足抜《あしぬき》かと心当たりを探し回ることになった。だが、十日を過ぎたころ、八重垣だけがふらりと今戸の百姓家に戻り、助左衛門らに子は養子に出したと告げたという。

「七代目、八重垣ことおしまは産んだ子の父親を承知していたのでございますよ。だが、助左衛門や佐蔵にはついにそれがだれか口を割らなかったそうな」

「そのことが二十一年後に災《わざわ》いを招いていたか」

「へえ」

「一太郎の年恰好はどうだ」

「まずおしまの子と同じ年頃かと思います。新角楼の内湯を嫌い、揚屋町の湯屋に行ったり、と若いわりには遊び慣れております」

「茶屋はどこだ」

「五十間道の引手井筒《いづつ》から新角楼に上がっております」

「身許を調べてみるしか手はあるまいな」

四郎兵衛の言葉に仙右衛門と幹次郎が頷いた。

五十間道にある引手茶屋井筒は、廓外の茶屋にしては大所《おおどころ》でそれなりの客筋を持っていた。

ふたりは茶屋の女中頭、ぎんを表に呼び出した。井筒では代々番頭は置かず、老練な女中頭が番頭役を務めていたのだ。

「近江屋の若旦那ですか。一年半も前、うちの馴染の旦那に伴《ともな》われて出入りするようになった人でしてねえ。数月前から急に頻繁《ひんぱん》にお通いになってこられます」

「近江屋とはどこの近江屋だえ」

「四谷大木戸《よつやおおきど》近くで旅籠《はたご》をなさっていると聞きましたけどねえ」

「金払いはどうだ」

「前はそう裕福というわけではございませんでした。ですが、近ごろはずしりと重い財布を帳場に預けていかれますよ」

「いつごろからか」

「このふた月、三月《みつき》前からですか」

「おぎんさん、すまねえが一太郎の財布をそっと覗いちゃくれめえか」

「それはちょいと私の一存では」

「旦那、女将《おかみ》に断る手を知らないわけじゃねえ。だが、こっちも急いでいるんだ」

しばし考えたぎんが、

「居続けが三日に及んでいますんでねえ、ちょいと気にはなっていたんですよ」

と店の奥へと消えた。

ぎんがそっと持参したのはお多福《たふく》の根付が飾られた印伝《いんでん》の革《かわ》財布でずしりとした重さがあった。

仙右衛門が中身を推量するようにぽんぽんと掌《てのひら》の上に投げ上げて重さを量っていたが、財布を開いた。すると小粒と一朱《しゅ》を取り混ぜて一両足らずと切餅がひとつ出てきた。だが、二十五両の包金の書体も素人《しろうと》風なら、印判も判然としなかった。

ぱちり

仙右衛門は迷う間もなく片手の指を、

と捻って包金の紙を破った。

ぎんが悲鳴を上げた。だが、その悲鳴が張りついた。仙右衛門の手に見えたのは小判型にくり貫《ぬ》いた二十五枚の鉄片だった。

「番方、一両ぽっちでは三日居続けの遊び代には足りませんよ」

「おぎんさん、あやつが何者か、おれと神守様が大木戸まで突っ走ってこよう」

「その間に近江屋の若旦那が戻ってくることはございますまいな」

「おぎんさん、会所に走り、このことを七代目に告げてくんな。あとは四郎兵衛様が始末をなされよう」

「はっ、はい」

幹次郎と仙右衛門は早足で四谷大木戸を目指した。

「番方、一太郎はおしまの子であろうか」

「わっしの勘はそう告げてますぜ」

「となると母親を手にかけたか」

頷いた仙右衛門が、

「さて問題は百武だ」

「振袖新造の百武もぐると申されるか」

「女郎というのは長逗留《ながとうりゅう》の客であればあるほど気にかかるもんでしてねえ。新角楼に上がり、母親のおしまに名乗りを上げていれば、百武も気づきますって」

「となれば遣手のおしまと百武の間柄によるな」

「おしまは遣手としては妓楼にも花魁にも評判は悪くねえ。それだけに禿や若い新造時分の躾《しつけ》は厳しいことで知られてました。百武はどちらかというと気性がもっさりした女郎でしてね、それに在所の訛《なま》りをかなり厳しく直されたと聞いております。ひょっとしたら、それを恨みに思い、一太郎と組んだということは考えられる。すべては推量ですがねえ」

ふたりはさらに足を速めた。

額《ひたい》に汗を光らせた神守幹次郎と番方の仙右衛門が吉原に戻ってきたのは、すでに万灯《まんどう》の灯りが吉原に入り、仲之町の菖蒲を涼やかに浮かび上がらせる刻限だった。

大門から待合ノ辻には遊客が溢れていた。

番方は会所の表口から入ったが、幹次郎は江戸町一丁目の妓楼、讃岐楼と和泉楼の間の路地から会所の裏口に入ろうとした。すると暗がりに煙草の火が浮かび、

「おや、神守の旦那かえ。ご苦労だねえ」

と老婆が声をかけてきた。奥へと入り込もうとする客を見張るためにそこに控えているのだ。吉原の蜘蛛道の入り口にはこんな見張りが密《ひそ》かに配置されていた。

「よい季節になったな」

「もう蚊が出ますよ」

幹次郎が裏口から会所の奥座敷に向かうとすでに仙右衛門は四郎兵衛と向かい合っていた。四郎兵衛が、

「ご苦労でしたな」

と幹次郎を迎え、

「番方、四谷ではなんぞ手がかりはありましたか」

と訊いた。

「七代目、四谷大木戸の旅籠近江屋の先代十兵衛《じゅうべえ》がどうやら女郎時代のおしまと深い仲になり、子を産ませた男であることはまず間違いございません。十兵衛の内儀は内藤新宿《ないとうしんじゆく》の履物屋《はきもの》が実家ですがねえ、突然、一太郎が跡取りだと現われたとき、大喧嘩《おおげんか》をしたそうで、今も土地《ところ》の古老の間では語り草の騒ぎとして記憶されていました。そのせいだけではありますまいが、段々と近江屋の商売は寂《さび》れ、十兵衛は焦《あせ》って、飯盛女《めしもりおんな》を置いたり、ついには賭場《とば》に貸すようになって、とうとう左前になったそうなんで。一太郎が十五のときに近江屋は暖簾ごと人手に渡ってまさあ」

「一太郎は近江屋の若旦那ではなかったのか」

「やくざの使い走りから遊び人の仲間入りをして、今では一端《いっぱし》の兄貴株だ。商人の家に育ってますからね、若旦那に化《ば》けて女を騙《だま》すなんてお茶の子さいなんで。親父の十兵衛が中気《ちゅうき》を患《わずら》い、亡くなったのが一年半も前のこと、ひょっとしたら十兵衛がなんぞおしまのことを言い残して、死んだのかもしれません。近ごろ、内藤新宿の遊び仲間にいい金づるを見つけたと威張っていたそうです」

「番方、一太郎の居続けも今晩で四日目に入る。引手茶屋の井筒から尻を叩かせてみるかねえ」

「新角楼の中で騒ぎは起こしたくございませんからね」

「ふたりが四谷に飛んでいる間に百武の評判を聞いた。これは客と女郎のぐる仕事だねえ」

「やはり男と女が組んで親殺しに走ってましたか」

「百武だが、器量はいいが根が暗い。新造のころ、おしまにこっぴどく躾けられた。女郎の第一は愛嬌《あいきょう》、それが楼の米櫃を豊かにし、おまえさんの借金を帳消しにするただひとつの道だと毎日のように叱られたらしい。それでも百武は涙ひとつこぼさずに押し黙っていてねえ、新造や禿の前でおしまの折檻《せっかん》を受けたことも再三だそうだ」

「わっしも小耳には挟んでおりましたが、やはり恨みに思っておったのでしょうかな」

「姉女郎の華栴がああんなおちゃっぴいだが、面倒見がいい。百武は華栴がいなければ振袖新造を務めていられたかどうか。まず私は一太郎と百武が結託《けったく》して、おしまの首吊りを偽装したと見てますがねえ」

「一太郎は親殺しだ、獄門《ごくもん》が待っておりますすな」

「番方、ただねえ、この一件証しがございません。そこがちょいと心配だ」

「おしまの部屋から盗んだ二百三十余両、遊里の外に持ち出そうとしましょうな」

「だが、小判におしまの名が書いてあるわけでもございますまい」

「明朝、後朝の別れを押さえるには一工夫いりますな」

「そういうことです」

四郎兵衛が幹次郎を見た。

「七代目、未明の別れまでにはちと刻限《とき》もございます、考えさせてくだされ」

幹次郎の言葉に四郎兵衛が頷いた。

あっ、忘れていたと仙右衛門が四郎兵衛を見た。

「一太郎め、麴町《こうじまち》の町道場で剣術《やっとう》を習ってましてねえ、遊び人仲間じゃあ、なかなかの腕前だそうでございます」

「生兵法《なまびようほう》は怪我の因《もと》ですよ」

と四郎兵衛がにやりと笑って幹次郎を見た。

旧暦五月五日、端午《たんご》の節句は太夫と呼ばれる遊女から新造、禿、男衆までお仕着せが妓楼の主から配られた。

この日を境に袷から単衣《ひとえ》に衣更えするのだ。

未明、角町の新角楼から近江屋一太郎と振袖新造の百武が絡み合うように出てきた。

「引手の井筒め、節季だから一度茶屋にお帰りをだと。野暮の骨頂《こっちょう》じゃあねえか」

「一太郎様、わちきの身請《みう》け、たしかにござんしょうな」

「心配するねえ、懐には本物の小判が入っていらあ」

「いつ、吉原に戻っておくんなますか」

「おしまのほとぼりが冷めてからだな。少し辛抱《しんぼう》しねえ」

「嘘は嫌でありんす」

「嘘と坊主の頭はゆえねえよ」

角町から仲之町に出た。

朝の光がかすかに仲之町を照らしていた。

仲之町に植えられた菖蒲の葉に朝露《あさつゆ》が乗って、薄い光を放っている。

幹次郎と仙右衛門は待合ノ辻で男と女がもつれ合うように仲之町に現われたのを見ていた。

ふたりはゆっくりと歩み寄っていく。

菅笠を被った侍と会所の長半纏《ながばんてん》を着た番方の姿を認めた百武が凝然《ぎようぜん》と足を止めた。

「近江屋の若旦那、ちょいと尋ねたいことがございましてな」

「おめえさんはだれだえ」

一太郎がとぼけた風な顔で訊いた。

「見ての通り会所の印半纏《しるし》を着ておりましてな、番方を務める仙右衛門でございますよ」

「用たあなんだ」

「この偽《にせ》小判、どうするつもりでしたな、一太郎さん」

仙右衛門が懐から二十五枚の鉄片を一太郎の足元に撒《ま》いた。

「てめえはおれが茶屋に預けた玩具《おもちゃ》を持ち出したか」

「玩具と仰る」

「おう、おれが井筒に預けたものだぜ。使ったわけじゃねえや、会所の番方にいちいち文句をつけられる筋合いはねえ」

「本物の金は一両ぽっち、払いはどうなさるんで」

「おめえが心配することはねえ」

「懐の二百三十余両で払いなさるか」

ひえっ
と百武が悲鳴を上げた。

「百武、おれっちがなにをしたわけでもねえや。驚くこともあるめえ」

一太郎は袖に右手を隠し、胸前《むなさき》に突っ込んだ。

「遺手のおしまは一太郎さん、おめえのおっ母《か》さんだな。主殺し、親殺しは罪が重いや。三尺高い獄門台は逃れられねえぜ、花魁」

「わ、わちきは知りんせん」

「そいつが白洲《しらす》で通じるかねえ」

と応じた仙右衛門が懐からもうひとつ、菖蒲を出して百武の足元に投げた。

「花魁、変な細工《さいく》が命取りだったぜ」

「わ、わちきは……」

「百武、なにも喋《しゃべ》るんじゃねえ。こいつら、引っかけて喋らそうとしているだけだ！」

「そうかえ」

「おしまがおれのお袋《ふくろ》だなんてだれが決めやがった！」

幹次郎が懐から一通の書状を出した。

「一太郎、そなたがおしまに名乗りを上げた日から会うたびに遊び代を強要していた話をな、おしまはすっかり記して、百武、そなたの姉女郎華栴に預けておいたのだ。この中には、なんぞわたしの身にあれば、わが子一太郎の仕業とも書いてある」

「嘘だ！　そんな馬鹿な話があるか。会うたびにすまなかったと詫びて自分のほうから小遣いを呉《く》れたんだぜ」

「ようやく、おしまを母親と認めたか」

「それがどうした」

「吉原で遣手を務める女がどれほど用心深いか、そなたは高《たか》を括ったな」

幹次郎が書状の端を摑み、
ぱあっ
と投げた。

巻紙に水茎《みずくき》も鮮《あざ》やかな手が躍《おど》った。

汀女が書いた偽手紙だった。

「一太郎様、殺すのだけは駄目だ、やめてとわたしがあれだけ言うたに！」

百武が思わず叫んでいた。

糞っ！

一太郎の懐手が抜かれ、抜身の匕首《あいくち》が朝の光に煌《きらめ》いた。

幹次郎が鞘《さや》の下《さ》げ緒《お》に左手をかけて一太郎の内懐に飛び込みつつ、腰から鞘ごと抜き上げた柄頭《つかがしら》を鳩尾《みぞおち》に軽く突き上げた。

一瞬の早業《はやわざ》だ。

がくり
と膝を落とした一太郎がとんっと前につんのめった。すると懐から小判がじゃらじゃらと仲之町の路上に散らばり落ちた。

て、てめえ！

泣くように叫んだ一太郎が匕首を腰につけると捨て身の攻撃をかけてきた。

だが、幹次郎はそのとき、刃渡り二尺七寸（約八十二センチ）の大剣を鞘ごと構えていたのだ。狙いすまして突進してきた一太郎の胸を鐺《こじり》で突いた。

両足を大きく虚空《こくう》に泳がせた一太郎が菖蒲の植え込みに大きく跳《と》んだ。その瞬間、菖蒲の葉から朝露が転がり落ちた。幹次郎の脳裏に腰折れが浮かんだ。

涙露　転がる遊里《さと》や　花菖蒲

第二章　蜘蛛道の光

一

その日、神守幹次郎は下谷山崎町《したややまざきちょう》の香取神道流《かとりしんとうりゅう》津島傳兵衛《つしまでんべえ》道場で汗をたっぷりと流した。井戸端で稽古着を肌脱ぎにして冷水で汗を拭き取った。

肌を撫でる風が本格的な夏の到来を思い出させて気持ちよかった。

そのせいではないが道場を出た幹次郎は公事宿《くじやど》や旅人宿《りよじんやど》が並ぶ馬喰町《ばくろちょう》へと足を向けた。

この日の幹次郎の出で立ちは菅笠に鉄錆色《てつさびいろ》の小袖の着流しだ。腰の剣は刃渡り二尺三寸七分（約七十二センチ）の和泉守藤原兼定《いずみのかみふじわらかねさだ》であった。

格別に用があってのことではない。なんとなくひとりの男を思い浮かべてつい足を向けたのだ。その人物とは身代《みが》わりの左吉《さきち》だった。

「一膳めし酒肴」

と幟《のぼり》がはためく煮売《にう》り酒場の縄暖簾を手で分けた。すると果たして左吉がいつものように悠然と独酌していた。左吉の小粋な容姿《ようし》と馬方たちが集う一膳めし屋とはそぐわなかった。だが、左吉は左手に杯を持ち、一幅《いっぷく》の絵のようにぴたりと決まって呑んでいた。

「稽古のお帰りですかえ」

菅笠の下の顔にその様子を認めたか、左吉が訊いた。

「相席させてもらってよいかな」

左吉が頷き、小僧に新しい酒と杯を持ってこいと命じた。

「そなたの顔が目に浮かんでな」

「わっしも時に神守様に会いてえなと思うときがありまさあ」

「へえっ、杯一丁！」

と小僧が白地の杯と徳利《とっくり》を運んできた。徳利を左吉が受け取り、杯を幹次郎に渡すと、新しく運ばれてきた徳利を差し出した。

「まあ、一杯いきましょうか」

「頂戴しよう」

安直《あんちょく》な一膳めし屋兼煮売り酒場だが酒は下り酒だった。

汗をぎりぎりまで絞った喉に冷や酒が染み渡った。

「うまいな」

「神守様、吉原でなんぞありましたかえ」

身代わりの左吉は牢入りの身代わりという奇妙な商いで身を立てていた。

例えば、大店の主が奉行所に目をつけられる間違いを犯した。とはいえ、大金を騙し取った、人を殺《あや》めたという話ではない。商いの上でのごたごただ。だが、主が奉行所に引っ張られると店は立ち行かなくなり、つぶれてしまう。そんなとき、左吉が乗り出し、奉行所に大店の主の身代わりを申し出、牢入りを代わって引き受ける。身代わりに立った左吉には大金が支払われる。もちろん大店の主が支払うのだ。

こんな奇妙な商売をしているだけに江戸の裏社会に詳《くわ》しく、吉原のこともよく承知だった。

過日も元力士の熊木山勝五郎《くまきやまかつごろう》が女郎に狂い、仲之町で桜の枝に和歌を書いた扇《おうぎ》を吊るそうとした鶴亀楼《つるかめろう》の禿を人質にとって、その首に包丁を突きつけた騒ぎが起こった。

その折り、左吉が巧みな会話で勝五郎の油断を誘い、幹次郎が青竹で勝五郎の胸を突いて禿を無事に取り戻したことがあった。

左吉とはあの日以来であった。

「左吉どのの眼は騙せぬな」

幹次郎は遣手のおしまが殺された一件を掻い摘《つま》んで告げた。

「ははあっ、神守様はわが子に殺されたおしまが不憫《ふびん》で胸の内がうつうつとしておられるか」

「まあ、そんなところだ」

左吉は新しく幹次郎の杯に酒を満たした。

「吉原暮らしのおしまが頼りにしたのが金だった。分かりやすい話でさあ」

「金に殺されたと申されるか」

「いえね、そうは言わねえ。だが、男も女も山吹色《やまぶきいろ》に頼りすぎるとこんな目に遭う。小判は人から人へと流れて生きてくるものでさあ。ひとっところに長居するとついね、面倒が起こる」

「おしまは遣手として遊女衆に慕《した》われ、妓楼の主にも信頼されていた」

「だが、倅《せがれ》とは情が通じなかったようだ」

「世の中、金が悪いのか」

「いえ、人の心に邪《よこしま》なものがあると小判が曇るだけの話でさあ。神守様やわっしのように汚い一膳めし屋から世間を斜《はす》に見ていると、意外に物事の真相が見えてきますよ」

と答えた左吉がにやりと笑い、

「わっしと神守様を一緒くたにしてしまったな。神守幹次郎様ほど世の中を真っすぐに見ようとなさっている方は珍しいや」

「融通《ゆうずう》が利かぬでな」

幹次郎は左吉とあれこれ話しているうちに胸につかえていたもやもやが吹き流れていくのを感じた。

「神守様、この話、終わったわけではなさそうだ。まだ一幕二幕、芝居の続きが残ってますぜ」

左吉は左手で杯を傾《かたむ》けながらご託宣《たくせん》した。

「おしま殺しは倅の一太郎と百武の仕業ではなかったということか」

「いえ、神守様方の調べが間違っていたなんて申し上げたわけじゃないんで。女郎から遣手と吉原の水にたっぷり浸かってきたおしまでさあ、なにかありそうだと酔った勢いでふと思いついたのでさあ」

と左吉が苦笑いした。

四杯ほど呑んだ酒がなんとも気持ちよかった。

幹次郎は左吉の勧めで深川《ふかがわ》辺りの漁師が食べるという浅蜊《あさり》めしを食した。剝《む》き身の浅蜊を甘辛い醬油で煮込んだものを丼めしのうえにぶっかけてあるだけのものだ。薬味の刻み葱が青々と載って、なんとも美味《おい》しかった。

「浅蜊めしは味噌仕立てが普通だが、この店の主は変わりものだ。醬油であっさりと仕上げたところが味噌だ」

と笑った。

浅蜊めしを食し終えた幹次郎を引き止めようともせず、左吉は、

「神守様ならいつでも歓迎でさあ、なんぞあればここに来なせえ。井戸端の女たちのようなとりとめもねえ話をしましょうかえ」

と快く送り出してくれた。

幹次郎は浅草田町《たまち》の長屋には戻らず、その足で吉原の五十間道から大門を潜った。すでに菖蒲の植え込みは取り払われていた。

昼見世には少し刻限が早かった。

七軒茶屋の一、山口巴屋の前では女衆が集まり、青梅を買い込んでいた。出入りの小梅村《こうめむら》の百姓衆が大八車《だいはちぐるま》に積んできた青梅だ。そんな女たちの中に玉藻もいた。

「玉藻様、粒の揃った青梅にござるな」

「今年も見事な梅が手に入りました」

「梅干を漬けられますのか」

玉藻がかたちのよい顎《あご》を横に振った。

「これもまた吉原の習わしのひとつにございます。甘露梅《かんろばい》を漬けますので」

「甘露梅、ですか」

「梅を紫蘇《しそ》の葉で包み、砂糖漬けにします。それをふた冬ほど寝かせて、翌々年の正月の年玉《としだま》に配ります、これが甘露梅ですよ」

「吉原には知らぬことが多い」

と呟く幹次郎を青梅を運んできた百姓が不思議そうに見た。

「御免」

幹次郎は江戸町一丁目に曲がり、幹次郎が会所へ出入りする際の通用路へと姿を没した。薄暗い蜘蛛道に一瞬目が慣れず、幹次郎は勘で足を運んだ。それだけ日差しが強くなったということであろう。

裏口から会所の土間に入ると若い衆の新三郎《しんざぶろう》が独り膳に向き合い、昼餉を食していた。御用でめしを食べるのが遅れたようだ。

「神守様、七代目が奥でお待ちですよ」

約束はなかったはずだがと幹次郎が思いながら菅笠の紐を解《ほど》き、和泉守藤原兼定を手に提げると台所の板の間から廊下を伝い、小さいながら手入れの行き届いた庭に面した七代目の奥座敷に向かった。すると開け放たれた障子から笑い声が響いた。

切迫した御用ではなさそうだ。

「お呼びと聞きました」

と廊下に座す幹次郎に四郎兵衛が、

「ちょうどよかった。こちらにお入りなさい」

と手招きした。

座敷には新角楼の主の助左衛門と番方の仙右衛門がいた。

「神守様、世話になりましたな」

助左衛門が親しげに声をかけてきた。幹次郎はなんの、と呟きながら会釈を返した。

「近江屋一太郎と新角楼の振袖新造の百武は面番所のお調べのあと、町奉行所の仮牢に送られました。親殺しの一太郎には厳しい沙汰《さた》が下りるのは間違いございますまい。だが、一太郎に強引に誘い込まれた百武は新角楼の華栂花魁が罪一等を減じる嘆願書を楼の内外に廻し、何百人もの遊女の署名を集めました。まあ、島流しで命は助かろうという南町奉行所の内与力代田《しろた》様のお見通しです」

四郎兵衛が遺手おしま殺しのその後の経過を話してくれた。

「神守様と番方が万事うまく始末をつけてくれなすったんで、新角楼もなんとかぎりぎりの被害で事が済みそうです。お礼を申しますよ」

助左衛門が頭を下げ、幹次郎が、

「それがしの仕事にござれば、助左衛門様、頭をお上げくだされ」

と頼んだ。

「問題がひとつ残されました」

七代目が幹次郎に顔を向けた。

「いえね、おしまが女郎時代から貯め込んだ百九十七両の始末ですよ。本来なれば亭主の仲次が受け取るのが筋にございましょう」

百九十七両が幹次郎に倒された近江屋一太郎の懐にあった金子だった。

仲次らが二百三、四十両は貯めていようと推量していた金額よりは三、四十余両少なかったが、一太郎がこれまで新角楼に登楼するたびにおしまにせびってい
た小遣いを差し引いての残り金だった。

幹次郎はただ頷く。

「ところがおしまは書付を残していたんでございますよ」

「書付は、お内証にございましたか」

幹次郎は新角楼の助左衛門のところに預けてあったかと考え、そう訊いた。

「それが思いがけないところから会所に届けられました」

「思いがけないところとはまたどこでございますか」

「浄念河岸《じょうねんがし》の切見世女郎のおひさが先ほど届けてきましたんで」

浄念河岸とは西河岸のことだ。吉原の西端に走る鉄漿溝と高い塀の内側のどぶ板の左右に間口四尺五寸（約一・四メートル）の見世が連なっていた。

一ト切《ひとき》り百文《もん》が売りの、吉原でも最下級の遊び場だ。

「おしまとおひさは知り合いでございましたか」

「神守様、おひさもうちの抱え女郎でした。胸を患ったせいで浄念河岸の女郎に落ちたのです。たしかにふたりはうちで同じ釜のめしを食べた。十数年前のことだ。まさか今もふたりにつながりがあったとは知りませんでした」

「おしまは大籬の遣手、もう一方は百文で身を売る女郎です。昔朋輩で、親しくあればあるほど付き合いは避けるものですが、このふたりには心を通わせるものがあったのでしょうな」

「書付は真正《ほんもの》なのですね」

四郎兵衛と助左衛門が同時に頷いた。

「ただ今、助左衛門さんにたしかめてもらいました」

助左衛門はこのために会所に呼び出されたようだ。

四郎兵衛が、

「おしまとおひさは今から数年前に開運稲荷《かいうんいなり》でばったり出会ったそうです」

「……七代目、おしまさんに会ってわたしは顔を隠すようにその場を去ろうとしました。だって、相手は大籬を切り盛りする遣手に出世だ、こっちは顔も見られたくはないや。だが、おしまさんはわたしを引き止め、今の体の具合やら暮らしやらを親身《しんみ》に聞いてくれたんですよ。わたしたちは開運稲荷の石段に並んで、いつしか新角楼時代の話に夢中になっておりました」

おしまは甘いものなどを持って浄念河岸を訪れるようになった。ときには女ふたりで酒を酌み交わすこともあった。

おひさにおしまが万が一の場合、この書付を預かってほしいと最初に差し出したのは一年半も前のことだという。それから書付は三度交換された。最後に新しい書付がおひさの下に届けられたのはひと月前のことだという。

「それがこれにございますよ」

と四郎兵衛が幹次郎に見せた。

幹次郎はしっかりとした筆跡《て》で、

「吉原会所七代目頭取四郎兵衛様

新角楼主助左衛門様」

と連記された表書きの書状を披《ひら》いた。

「四郎兵衛様

助左衛門様

わたし儀新角楼奉公人おしま万が一の場合、浄念河岸のおひさ殿がこの書付を

持参致しますゆえ書付に副《そ》い宜《よろ》しく御手配願い申します
おしま蓄財の金子の内
信濃国松代領内姨捨村《しなののくにまつしろりょうないおばすてむら》百姓谷平《やへい》へ五十両寄与
同じく松代領内姨捨村長楽寺《ちょうらくじ》へ五十両寄進
武蔵国《むさしのくに》江戸吉原三ノ輪浄閑寺へ六十両寄進
武蔵国江戸吉原住人大工仲次へ十五両贈与
同じく吉原浄念河岸切見世主與吉《よきち》へ八両二分支払い。但《ただ》しこの代金抱え女郎おひさの身請代金也
同じく吉原浄念河岸女郎おひさへ十両贈与
残金あらばおしま弔《とむら》い代としてお使いくだされ
以上の事、呉呉《くれぐれ》もお願い申し上げます
天明七年三月二十日記す
新角楼奉公人おしま」
幹次郎は顔を上げた。
「神守様、この信濃国松代領内姨捨村がおしまの在所でございましてな、おしまは十五の歳に女衒に連れられて江戸に出て参ったのでございますよ。今から二十

七、八年前のことにございます」
と助左衛門が口を開いた。

「以来、信濃には戻っておらぬのですか」

「はい」

「どうやらおしまは倅の一太郎の本性を見抜いていたようですな。なんぞあるとしたら一太郎が関わるであろうことを承知していた」

四郎兵衛の言葉に仙右衛門が、

「ならばおしまさんは一度会所に顔を出せばよかった。実の息子に縊り殺される真似だけはさせなかったものを」

「番方、女郎の身で子を育てられるわけもない。だが父親《てておや》に預けたことをずっと悔やんでいたのだろうよ。倅に殺されたとしても昔の罰が当たったことよ、とでも覚悟したか。ともかく自分の口から倅に殺されそうだとはおしまは他人に訴えたくなかったのさ」

「七代目、そこまで考え込ませた母親を息子が手にかけるなんて、なんともやりきれませんや」

「それが母親だ。だが、倅はそれに気づこうともしなかった」

「いや、本性に気づかれたから手にかけたとも言えますぜ」

四郎兵衛が頷いた。

「助左衛門さん、改めて念を押すがこの書付、おしまの筆跡とみて間違いないね」

「七代目、間違いございません」

助左衛門がきっぱりと言った。

「おひさの抱え主《ぬし》、與吉には問い合わせてございます。おひさの借財の額を、おしま自ら訊きに来たそうだ。すべて考えた末のことだ。面番所と相談の上、おしまの望み通りの手配りをしなくちゃあなるまいな」

助左衛門はすぐに返答をしないでなにごとか考えていた。

「なにを思案していなさるな」

「七代目、私はまさかおしまがここまで考えているとは思いもしませんでしたよ。遣手なんて業突《ごうつ》く張りでさ、あの世にまでも銭金を持っていこうなんて連中だとついついね。それが、昔仲間のおひさを浄念河岸から救い出すことを手配りして死にやがった」

忘八《ぼうはち》と呼ばれる妓楼の主の目が潤《うる》んでいた。

「私も先ほどから恥じています」

幹次郎は身代わりの左吉が、

「吉原暮らしのおしまが頼りにしたのが金だった」

と言ったことを思い出していた。だが、おしまは左吉の考えた先を読んで貯めた金子を役立てようとしていた。

「七代目に説明することもねえが、おしまの在所は昔から吉原に売られてくる多くの女郎たちの古里だ。おしまのように在所に心を残して死んだ女郎は数知れません」

「まったくだ」

「姨捨村の谷平というのは実の弟ですよ。長楽寺は菩提寺《ぼだいじ》と聞いたことがある。七代目、為替《かわせ》で金子を送るのは簡単だ。だがねえ、この際だ、私自身が届けてさ、長楽寺でおしまの菩提を弔ってこようかと先ほどから考えていたんだ」

四郎兵衛がにっこりと笑った。

「私も同じことを考えていましたよ」

「なにっ、七代目も」

「私らはおしまを浄閑寺に投げ込めばそれで終わりだと考えておりました。しかし、おしまの書付を読んでねえ、おしまの遺髪《いはつ》を抱えて信濃に旅するのも悪くないかとね、先ほどから思案してましたのさ。それに久しく善光寺《ぜんこうじ》にも参っておりませぬ」

「七代目、会所は大事ないか」

「番方がしっかりと頑張っておられます。十日や二十日、なんとでもなりましょう」

仙右衛門が畏《かしこ》まった。

「梅雨《つゆ》前に出ますか」

頷いた四郎兵衛が幹次郎を向き、

「神守様、年寄りふたりの旅に付き合ってはくれませぬか」

「神守様が同行とは心強い」

助左衛門が応じて、幹次郎が、

「それがしでよければ」

と頷き、おしまの在所への道中が決まった。

二

とはいえ吉原の治安と自治を守る会所の七代目と角町の大籬の主がひと月近くも留守をしようという話だ。今日明日に出立《しゅったつ》というわけにはいかなかった。

浄念河岸の切見世女郎おひさが届け出た書付は会所から面番所に移され、その真偽が形式通り調べ直されねばならなかった。

その間に新角楼では遣手おしまの弔いを三ノ輪の浄閑寺で行うことになった。

浄閑寺は投込寺としてあまりにも有名だ。

遊女や飯盛女が死んで、引き取り人がない場合、楼主は回向《えこう》も行わず、寺の門前に放置したり、寺内に放り込んだりした。そのことを許した寺を投込寺と呼んだ。だから浄閑寺だけが江戸の投込寺ではない。

吉原界隈《かいわい》では、通称土手《どて》の道哲《どうてつ》の西方寺《さいほうじ》、鷲《おおとり》神社前の大音寺《だいおんじ》、そして、浄閑寺、洲崎《すざき》では深川猿江《さるえ》の重願寺《じゅうがんじ》、内藤新宿では新田裏《しんでん》の成覚寺《じょうかくじ》、品川宿《しながわしゅく》では南馬場《みなみばんば》の酒蔵寺《さかぐらでら》、千住宿《せんじゅ》では勝専寺《しょうせんじ》などが投込寺として有名だった。

おしまには亭主の仲次がいた。

妓楼の主助左衛門が後見《こうけん》して、仲次を喪主《もしゅ》に立て、吉原で縁《ゆかり》の人々が浄閑寺に集まり、弔いを行うことになった。

その集いに幹次郎も汀女と一緒に出た。するとなんとも珍しいことに新角楼の菖蒲と杜若の花魁、華栴と白妙、さらには遊女三千人を代表して薄墨太夫が姿を見せていた。

この三人の太夫がふだんより薄い化粧に派手を抑えた衣装で寺に顔を揃えた光景は圧巻で、後々まで吉原界隈の語り草になった。

さらに浄念河岸から身請けされたおひさが素人女の恰好で弔いに姿を見せて、涙する姿も見られた。

浄閑寺の和尚《おしよう》の読経《どきよう》ののち、弔いに出た全員が香を手向《たむ》けた。そして、心ばかりの斎《とき》の席が用意されていた。

その座敷へと幹次郎と汀女が移ろうとすると三人の花魁と座敷の前の廊下でばったり顔合わせした。

「汀女先生、かようなところでお目にかかれるとは薄墨、努々《ゆめゆめ》考えもしませんでした」

ありんす言葉を避けた薄墨が汀女に話しかけた。

「薄墨様、今日はおしま様の弔いにございますが、おひさ様の新たな旅立ちでもございます。晴れやかに送り出すにはこれ以上の花舞台もございますまい。妍《けん》を競って三つの花が見事に咲き揃いました」

汀女の言葉に薄墨が異を唱えた。

「三つの花と汀女先生は申されますが、私どもは汀女先生の足元にも寄れませぬ。先生が大門を潜るときは花魁道中に影が差します」

「ほんにほんに」

と今度は薄墨の言葉に華栴と白妙のふたりが口を揃えた。

「薄墨様、師をからかうものではありませんよ」

「だれが汀女先生をからかいましょう、本心にございます」

と嫣然と微笑《ほほえ》んだ薄墨が傍《かたわ》らに立つ幹次郎を見て、

「華栴様、白妙様、私は常々神守様に申し上げております。汀女先生を粗末《そまつ》にすると罰が当たりますとな」

「薄墨太夫、こうして汀女先生と亭主どのが肩を並べておられるのを見れば、なんともお似合いの、一対《いっつい》のお雛様と内裏《だいり》様にございますねえ」

白妙が応じた。

「おやおや、ひねた雛人形があったもので」

汀女の言葉に三人の太夫がそれぞれの笑みを顔に浮かべた。

喪主の仲次や四郎兵衛、助左衛門らが斎の席に着き、主従、師弟、格の違いを忘れ、一時《いっとき》遣手おしまの思い出に耽った。

三人とも吉原では全盛を誇る太夫だが、籠《かご》の鳥であることに変わりない。それが三ノ輪の投込寺とはいえ外の空気を吸って、気兼ねのない談笑ができたのだ。大いに満足して吉原へと戻っていった。

仲次もなんとか喪主の役目をやり果せた。

四郎兵衛、助左衛門、仲次らがおしまの遺髪をひと房切り取り、信濃に届ける算段を終えて浄閑寺の門前に姿を見せると、神守幹次郎と汀女の夫婦に番方の仙右衛門の三人がおひさと話していた。

旅姿のおひさの手には風呂敷包みと杖があった。

「七代目、助左衛門様、おしま様のご厚意で思いがけなくも遊里の外に出ることになりました。これも偏《ひとえ》に皆様方のご配慮の賜物《たまもの》にございます」

と腰を折っておひさが礼を述べた。

「おひさ、体を労《いた》わって過ごせよ」

元の楼の主の助左衛門が声をかけた。

「おひささんは上総《かずさ》の故郷に戻り、身の振り方を考えられるそうにございます」

番方の仙右衛門がふたりの旦那に告げた。

「本日は千住にゆっくりと泊まり、明朝七つ発《だ》ちだそうです」

「達者でな」

「道中ご無事で」

との言葉に送られたおひさは昼下がりの街道を千住大橋のほうへとゆっくり歩を踏みしめて去っていった。

六人はしばらく黙したままおひさの旅立ちを見送った。

ふーうっ
と息を吐いた者がいた。

おしまの亭主だった仲次だ。

「仲次さんよ、おめえも助左衛門様方の供をして、おしまの在所を訪ねる気はねえか」

と仙右衛門が話しかけた。

「おれは行かかねえ」

仲次は頑固《がんこ》に顔を横に振ると、

「おれの弔いは今日で終わりだ」

とはっきりと告げ、それでも、
ぺこり
と一同に頭を下げると、草履《ぞうり》の音をぺたぺたさせながら吉原へと戻っていった。

「番方、人を送る気遣いは人それぞれだ。信濃行きは助左衛門さんと私の勝手です。それに亭主を巻き込もうとしても無理がございますよ」

「七代目、嫌なことを聞かすようだが仲次に欲が出た」

「欲とはなんですな」

「おしまが残した書付ですよ。二百余両も金を残したのに亭主の自分には十五両ぽっちと周りに不満を漏らして歩いているそうな。最初にわたしと神守様がおしまの死を告げに行ったときは、金のことなど眼中にないという口ぶりでしたがねえ」

「女房の心、亭主知らずです」

助左衛門が決めつけた。

「下げ渡された十五両で身を持ち崩さねばいいが」

四郎兵衛がそのことを心配した。

五月の陽光が重い沈黙にある五人の男女を静かに照らし出していた。

ようやく信濃への旅立ちが数日後と決まった頃合、吉原で小さな事件が続発した。

姉女郎の使いで番頭《ばんとう》新造や禿が質屋に金策に行った帰りに襲われ、工面《くめん》した金子を奪われるという騒ぎが起こったのだ。

仲之町を花魁道中する太夫の中にも、節季節季や日ごろの暮らしの金子の工面に苦労する者がいた。

そんな折り、太夫は自分付きの番頭新造に相談する。吉原の太夫ともなると金銭の出し入れに自ら手を下すことはない。花の太夫が金に触ると人間が賤《いや》しくなると考えるからだ。

太夫に金の算段をさせない背景には吉原の計算も見え隠れする。太夫が金勘定に走り、借財を楼主に返して自ら身請けすることになれば米櫃が減る。そこで妓楼としてはつねに稼ぎ頭の太夫に金を使わせ、いくらか借金を残しておく状態が好ましいのだ。そこで金銭の管理を番頭新造にさせて、鷹揚《おうよう》に構えさせる、そんな雰囲気を吉原が造り上げたのだ。

一見華やかに見える太夫の懐具合はそんなふうに揺れ動いていた。ときに必要な金子の都合がつかないときがある。

そんな折り、番頭新造が太夫の持ち物、櫛《くし》、笄《こうがい》などを廓内の質屋に持参して急場を凌《しの》ぐのだ。

太夫が質屋通いでは洒落《しゃれ》にもならないので、楼主にも黙って行われることが多い。

初めて被害に遭ったのは京町一丁目の半籬《はんまがき》（中見世《ちゅうみせ》）玉城楼《たまぎろう》の遊女穂積《ほずみ》の禿だ。

裏路地の奥にある質屋小国屋《おぐにや》で鼈甲《べっこう》の櫛、笄、簪《かんざし》を十五両で預け、楼に戻る途中、蜘蛛道で後ろから突き飛ばされ、転んだところで、手にしていた袱紗《ふくさ》包みの金子を奪われていた。

禿は番頭新造や楼主に問い質されて、まったく引ったくりの姿を見ていないと泣きじゃくりながら答えていたという。

さらに番新ふたり、禿ひとりが被害に遭い、奪われた金子は都合百十余両に達していた。

面番所でも吉原会所でも届出を受けて探索と警戒に入った。それをあざ笑うかのように東西京間《きょうま》百八十間、南北百三十五間、総坪二万七百六十余坪の吉原のあちらこちらで被害が続出した。

なにしろ狙う相手は女子供である。引ったくりは吉原の蜘蛛道を熟知しているようで見事に逃げ果せた。

「怪我人が出る前にひっ捕らえよ」

と面番所から会所にも下知《げち》があった。

むろん会所でも蜘蛛道のあちこちに引ったくりを捕縛しようと網を張っていた。だが、面番所や会所の裏を掻いて、いつも別の場所に出没した。

この日、会所で四郎兵衛以下、番方、小頭、若い衆、さらには神守幹次郎も出席して探索の方策が練り直された。

「番方、どうも気色《きしょく》が悪うございますな」

「七代目、なぜかこっちの裏を掻いて引ったくりを繰り返すところが憎《にく》うございますな」

「こやつ、吉原《なか》の者でしょうな」

「そこです。蜘蛛道を熟知し、妓楼の習わしにも詳しい。まずは廓内の住人とみましたがねえ」

四郎兵衛の視線が幹次郎に向けられた。

「四郎兵衛様、なぜ、この者ら、面番所や会所の張り込みの網を掻い潜って仕事をしているのでしょうか、偶々《たまたま》とも思えませぬ」

面番所と会所では狭い廓内の張り込みの重複を避けるために仲之町の北側を会所が、南側を面番所が受け持っていたが、どこの張り込みもすり抜ける様子から、幹次郎はこの者が面番所と会所の動きを察知しているのではないかと問うたのだ。

「そこです、その辺も謎ですな」

と首を捻った四郎兵衛が、

「各楼に質屋通いは男衆に任せよと通告をなしました。遊女衆がこの通告を聞いてくれるとよいのですがな」

と言った。幹次郎が頷き、仙右衛門が新たな危惧を口にした。

「七代目、遊女は素人女よりもはるかに虚栄、見栄を張ります。手元が苦しいことを仲間内に絶対に知られたくない。となると今まで通りの習わしを変えますまい」

「私もそれを案じております。それに今のところ怪我人が出てないが、番新や禿の顔に傷がつけられるのだけは避けたいものです」

吉原は遊女でもつ里だ。売りものの遊女の顔に傷がつくのはなんとも許せなかった。

「四郎兵衛様、番方、ひとり働きにございましょうか」

幹次郎が訊いた。あまりにも仕事ぶりが鮮やかであったからだ。

「手口が一緒で、徒党《ととう》を組んでいる様子もねえ。おそらくひとりですぜ、神守様」

と番方が答え、四郎兵衛が、

「だが、逃げ込む隠れ家を廓内に構えているようだな」

「まず間違いございますまい。引ったくりの刻限もまちまちなのは、仕事をしていない間はその隠れ家で勝手気ままに時を過ごせる人物、もしや蜘蛛道の住人ということではございませんか」

と仙右衛門が答えた。

「女を突き飛ばして金子を引ったくった野郎は蜘蛛道の奥に逃げ込み、その途次《とじ》で形《なり》を変え、吉原の住人のひとりに化ける、いえ、いつもの姿に戻り、住人のひとりに戻る。引ったくりの直後、われらと出会っても、平然とした顔をして隠れ家に戻ることができるわけだ」

「番方、引ったくりの場をとっ捕まえるしか手はねえと仰るんで」

長吉が訊く。

「そういうことだ」

「ひとりでもいい、見かけた者がいるとよいのだがな」

「まるで旋風《つむじかぜ》のように襲って、逃げ去るそうで、動転した番新や禿はまるで姿を見ていない」

その日も手配りして、会所では蜘蛛道の見廻りに出た。

幹次郎は着流しに菅笠を被り、腰に和泉守藤原兼定を差して、浄念河岸から裏路地を歩いて回った。だが、引ったくりに出会うことはなかった。


その日、引ったくりの報告は面番所にも会所にもなかった。

翌日、幹次郎が吉原の大門を潜り、会所の前を通り過ぎて江戸町一丁目の路地に潜り込もうとするところに、小頭の長吉が、

「神守様」

と声をかけながら会所から姿を見せた。

「すでに奴が現われたか」

刻限は朝の五つ（午前八時）の頃合だ。まだ吉原の遊女たちは眠りに就いていた。

「いえ」

と答えた長吉は仲之町を水道尻《すいどじり》のほうへと歩き出した。

幹次郎は従った。

「神守様、引ったくりに遭った中に中見世の小境楼《こさかいろう》の番頭新造照梅《てるうめ》がございましたな」

「たしか三番目に引ったくりに遭った番新であったな」

「へえ、引ったくられたのは二十両、一瞬のことで引ったくりの顔も姿も見てないと会所で話しました」

幹次郎が頷く。

「その照梅が死んで天女池に沈んでいるのを近くの妓楼の女衆が見つけたので。ええ、女衆は朝餉に使う油揚げを買いに行く途中で天女池の縁を通り、生い茂る葦《あし》の間の水中に沈んでいる照梅を見つけたというわけです」

「照梅は引ったくりに遭ったことを気に病んで投身《とうしん》したか」

「まずはそんなところにございましょう。番方らがすでに走っていますので水から引き上げられた頃合です」

長吉は揚屋町の間に延びる蜘蛛道のひとつに身を入れた。

幹次郎も続いて、ふたりは薄暗い蜘蛛道を右に左に走り、揚屋町と京町一丁目に挟まれた奥の院にひっそりと浮かぶ天女池に出た。

水溜まりと呼ぶには大きく、池と呼称するにはおこがましい。だが、瓢簞《ひょうたん》を曲げたような恰好の天女池には何か所かから湧き水が出て、老桜が枝を広げ、四季折々に吉原の住人の目を楽しませてくれた。

そんな池の一角に仙右衛門らの姿があって、筵《むしろ》が女の体の上にかけられたところだった。ひとり見知らぬ顔がいたが、小境楼の番頭であろうか。

「長吉、えらく早かったな」

仙右衛門が長吉に言い、幹次郎に固い会釈を送ってきた。

「番方、神守様がちょうど出て参られまして」

長吉は幹次郎を迎えに出るところだったようだ。

「とうとう犠牲者が出たか」

それには答えず仙右衛門が目で亡骸を確かめてくれというように訴え、自ら傍らに膝をつき、筵を捲《まく》った。

幹次郎も片膝をつき、筵の下の女を見て愕然とした。

喉元に突き傷があったからだ。

「自死ではなかったか」

「殺されたので」

仙右衛門の顔が険《けわ》しくも歪《ゆが》んだ。

幹次郎の脳裏にいろいろな考えが浮かび、やがてひとつの答えを導き出した。

「照梅は引ったくりを見ておったのか」

「どうやらそのようでございますな」

と仙右衛門も答えた。

「むろん、照梅が一連の引ったくりとは関わりなく別の事件に出くわしたという見方も成り立ちます。ですが、引ったくりの正体を察した照梅が相手を天女池に誘い出し、盗《と》られた金子を返せと迫ったか、あるいはさらに金子を強請《ゆす》りとろうとして反対に殺されたか、そう見たほうが流れはすっきりとします」

幹次郎が大きく頷いた。

「相手はやはり吉原の住人だった。だが、照梅が考えるほど甘くはなかった」

「照梅とはどのような番新かな」

幹次郎は照梅の訊き取りに立ち会っていなかった。

「元は留袖《とめそで》ですよ」

太夫に従う新造には振袖新造と留袖新造、番頭新造の三つがあった。

禿から突き出されて新造になった者の中で、将来有望とされた者は振袖を着た。ゆえに振袖新造と呼ばれた。また、振袖新造になれず、上級の遊女になれない者が留袖新造と呼ばれた。さらに、年季《ねんき》を経《へ》た古参新造は番頭新造と呼称替えされた。

「それ以外、まだ詳しく聞いていないので」

仙右衛門が立ち上がり、長吉らに照梅の骸《むくろ》を会所に運べと命じた。

三

天女池の岸辺に残ったのは仙右衛門、幹次郎、それに小境楼の番頭亮蔵《りょうぞう》の三人だった。

「番頭さん、照梅はいつ出かけたんで」

「へえ、それがはっきりとしないんで。床入りの引け四つには姿があったことはたしか、だが、朝にはいなかったんで」

「客はどうだえ」

「このところ照梅は体の具合がよくないんで、客は取らしてないんです。おそらく明け方に楼を出たんじゃねえかと思うんですがねえ」

亮蔵の証言は曖昧だった。

「照梅が親しい朋輩はだれだえ」

「このところ愚痴《ぐち》をこぼす相手は遣手のおくらか、朋輩の中丸《なかまる》かねえ」

「よし、ふたりに会おう」

三人は天女池から蜘蛛道を抜けて、小境楼のある京町一丁目に出た。

まだ早い刻限で通り全体が眠りの中にあった。だが、よく耳をすませば台所で働く女衆が立てる物音が響いてきた。

小境楼の遣手くらは起きていた。

番方の仙右衛門は楼の内証を借りてくらに話を聞いた。くらには照梅が死んだことだけを告げた。

「照梅さんが死んだって、ここんところ体のことで悩んでいたからね。客を取れず借金がかさむばかりだとさ」

「その上、引ったくりに遭った」

「番方、それだ。花魁に悪いことをした、顔向けができないの一点張りで、ここんとこ、座敷に出すのも躊躇《ためら》っていたくらいだ。だって暗い顔じゃあ、客にも花魁にも具合が悪いやね」

「なんぞ引ったくりについて言ってなかったかえ」

「会所で調べたんじゃないんで」

「こういうことは後々思い出すことも多いのさ」

「私には一瞬のことでなにがなにやらと漏らしていただけだけど」

「番新の中丸と親しかったってねえ」

「楼に入ったのも同じころでさ、話はしやすい仲だったと思うよ」

「すまねえ、中丸を呼んでくれめえか」

「まだ寝ている時分だがねえ」

と言いながらも、くらが内証から二階座敷へと戻っていった。

仙右衛門と幹次郎はだいぶ待たされたあと、前結びの帯をだらしなく垂らした中丸が、

「番方、照梅さんが亡くなったって」

と言いながら、姿を見せた。

「なんだか腑《ふ》に落ちねえ顔だな、中丸」

「たしかに照梅さんは落ち込んでいたよ。引ったくりの一件からね。でも、身投げする気性《がら》とも思えないんだけど」

「中丸、照梅は殺されたんだ」

中丸の顔がぎょっとして仙右衛門を、幹次郎を見た。そして、ふたりの前にぺたりと座った。化粧やけが番頭新造の顔を歳以上に疲れさせていた。

「なんだか、こんなことが起こりそうな気がしていたんだ」

「なぜだえ」

「なぜって、引ったくりに遭った当初はしょげ返っていたがねえ。ここんとこ、なんだか必死で考え込んでいたもの」

「中丸さん、照梅が文を書いたことはないか」

「お侍、女郎の仕事は文書きさ、客を呼び出すためにねえ」

幹次郎の問いに中丸があっさりと答えた。

「いや、客に宛てた文ではない。廓内のだれかに宛てたものだ」

中丸の眉間《みけん》に皺《しわ》が寄り、うつむき加減に顔を傾けてしばらく考え込んだ。

「お侍、そういえば昨日の昼見世が終わった時分、照梅さんはちょっとの間、どこかへ出かけたはずだ。その前に文を書いていたねえ」

「中丸、照梅がなにか漏らしたことはないか、引ったくりの一件でさ」

仙右衛門がふたたび問うた。

「引ったくりに遭った翌日に、湯で一緒になったとき、照梅さんが、そうそうあいつの体にはこの匂いが染みついていたよって漏らしたっけ。それで私が匂いって、と訊き返すと、台所の匂いさ、と笑ってごまかしたな」

「台所の匂いだって」

「ああ、私がなにを訊こうし、もう口を噤《つぐ》んで喋らなかった。ひょっとしたら、あんとき、引ったくりがだれか気づいたのかもしれないよ」

「ありうるぜ」

中丸が知る照梅の近ごろの様子はそんなものだった。

仙右衛門が幹次郎を見た。

「番方、台所を訪ねてみないか」

「ほう」

と言った仙右衛門は中丸に案内してくれないかと頼んだ。

番新に案内されてふたりは台所に行った。そこではすでに朝餉の仕度が一段落ついた頃合だった。

「中丸さん、早いねえ」

年かさの女衆が中丸に声をかけ、会所のふたりの姿を気にした。

「おちづさんよ、照梅さんが死んだんだよ、殺されたんだよ」

中丸の声は上ずって震えていた。平然と見えた中丸は同じ頃に身売りしてきた朋輩の死に肚の中では衝撃を受けていた。

「なんですって！」

おちづと呼びかけられた女も愕然として中丸を見返した。

「なんだか、ここんとこ思いつめていたからね。まんまもあまり食べなかったよ」

「女郎は食欲だけが頼りだ、それを食べないなんて」

涙を振り払うように中丸が応じた。

幹次郎は中丸に、照梅と一緒に湯に入り、あいつの体にはこの匂いが染みついていたと聞いたのがいつだったかを問い質した。

「だって引ったくりの翌日だもの、一昨日《おととい》の五つ半（午前九時）過ぎだよ」

「おちづさん、その刻限、台所ではなにか煮てなかったか」

幹次郎の問いかけに、

「なんだって、一昨日の五つ半過ぎだって」

おちづがしばらく考えを巡らしていたが、

「そうだ、豆を煮ていたよ」

と答えた。

「豆とは小豆《あずき》か大豆《だいず》か」

「大豆さ、水煮《みずに》をしていたけど」

おちづは不思議そうな顔で答えた。

「その匂いは湯まで流れていくものか」

「そりゃあ、うちは大見世じゃあないもの。台所の匂いは風具合でどこへでも流れるよ」

幹次郎と仙右衛門は小境楼を出た。

「照梅は豆を煮る匂いで、引ったくりの正体に気づいたと神守様は仰るんで」

「いや、ひょっとしたら照梅はちらりとくらい、引ったくりの姿を見ていたのではないか。それと豆の匂いから、正体を見破った」

「となると煮豆屋、豆腐屋か。楼の台所番の男衆もひょっとしたら豆の匂いが染みついているかもしれませんな」

「番方、これまで引ったくりに遭った番新、禿を訪ねてみないか」

仙右衛門が頷いて歩き出した。

一刻後、ふたりは吉原会所の奥座敷で四郎兵衛と対面していた。

「なんと引ったくりに遭ったうちのふたりが煮豆の匂いを思い出したか」

「へえっ、禿はだれひとり思い出しませんでしたがねえ、番新らが」

「となると野郎は廓内で煮豆に関わる男衆ということになるか」

「これから総浚《そうざら》いに当たります」

「番方、こたびの一件、南側は面番所の持ち分です。うちがそちらまで手を伸ばすのもなにかと揉めごとの因《もと》だ。南側は面番所にやらせましょう」

「手柄争いをしている場合じゃねえや、致し方ございますまい」

仙右衛門の答えに四郎兵衛が、

「ならば私が知らせてきましょう」

と立ち上がった。

吉原廓内北側に豆を煮炊きする商いは五軒あった。豆腐屋が三軒、煮豆屋二軒だ。これらが路地裏でひっそりと仕事をしていた。

仙右衛門に従った幹次郎は順にこの豆腐屋、煮豆屋を当たって回ったが、引ったくりを働き、路地奥へと機敏《きびん》に走り込む年恰好の家族、奉公人はいなかった。むろん豆腐屋の中には壮年《そうねん》の主もいないわけではなかったが、夫婦ふたりの共働き、女房に知られずに引ったくりに出向くのは、ちょいと無理のような気がした。

最後の豆腐屋を調べ終えたとき、蜘蛛道には闇が忍び寄り、どこからともなく清掻《すががき》の調べが流れていた。

「あとは南側の面番所区分だ」

「なにか当たりがあるとよいのだが」

ふたりは京町一丁目に出た。

暑くも寒くもない季節、梅雨を前にして吉原に飄客、素見《ひやかし》の男らが詰めかけ、張見世を覗き込んで遊女たちと紅殻格子《べんがらごうし》越しのやり取りを楽しんだり、中には吸い付け煙草をもらってやに下がる男もいた。

ふたりは男たちの間を抜けて水道尻まで出た。すると見番《けんばん》二代目頭取小吉《こきち》とばったり会った。

「番方、羅生門河岸で騒ぎがあったと聞いたぜ」

「騒ぎだと、いつのことだ、頭取」

「つい最前だ。なんでも廓内の男衆が斬られたとか」

仙右衛門が着流しの裾を片手に摘んで走り出した。幹次郎も続いて従った。

ふたりは仲之町を突っ切り、京町二丁目から羅生門河岸の木戸内へ飛び込んだ。

いきなりふたりの鼻腔《びこう》に汚水、塵芥《ちりあくた》、人間の排泄物の臭《にお》いが侵入した。どぶ板の敷かれた羅生門河岸に曲がると途轍《とてつ》もなく深い闇を切見世の軒《のき》行灯が吹き飛ばすように点《とも》っていた。

広くもないどぶ板に闇と光が混在し、かぎりのない男の欲望と女の虚無とを漂わして路地が延びていた。

仙右衛門が突き進む。すると戸口から白粉《おしろい》を刷《は》いた手が伸びて、見世の中に引き摺りこもうとした。

「会所の仙右衛門だ」

と番方が左右から伸びる手を器用に避けながらときに振り払って進む。幹次郎

の耳に、

「なんだえ、会所か」

「商売にならないよ」

という呟きが聞こえた。

騒ぎは羅生門河岸のちょうど中間ほど、角町に通じる木戸内で起こっていた。

面番所同心の村崎季光が御用聞きや小者《こもの》を指揮して、戸板に男の死体を載せたところだった。

「村崎様」

仙右衛門の声に村崎が振り返った。鼻に手拭《てぬぐ》いを当てて、羅生門河岸の臭気《しゅうき》を塞《ふさ》いでいた。

「番方に裏同心どのか」

村崎は機嫌が悪くなさそうだ。

「見ねえ、引ったくりよ」

ふたりは戸板の上を見下ろした。

薄い灯りが男の顔を照らしていた。

「京町二丁目裏の新地《しんち》豆腐の小倅《こせがれ》、修次《しゅうじ》だ」

「こいつが引ったくりで」

「番方、会所からの知らせがちょいと遅すぎたぜ。われらがこやつの店を突き止めたとき、引ったくりに出てやがったのよ、この近くの蜘蛛道で女が引ったくりに襲われた知らせが入り、われらはすぐに手配りをした。必死で行方を追ってお ると修次が喉を掻き斬られて倒れておるのを見つけたというわけだ。どうやら修次は騒がれて匕首を振り回して逃げて回っているところを、羅生門河岸に入ろうとした浪人者と出くわし、その浪人者に突きかかろうとして反対に抜き打ちの一撃で喉を掻き斬られたようだ。われらが駆けつけたときには修次は虫の息、なんとか話を聞こうとしたが絶命した」

幹次郎は斬り口を調べた。

迷いのない一閃《いっせん》で喉を深々と斬り裂いていた。

「斬った浪人はどうしました」

「面倒を恐れたか、吉原の外に逃れたたな」

と答えた村崎は、

「修次の懐には女物の財布がふたつもあってな、手には抜身の匕首を持っていたんだ。それにこやつの衣服から豆の匂いがするわ。そなたらが調べてきた引ったたくりの特徴よ。もはや修次が引ったくりと考えてよかろう」

「へえ」

仙右衛門が返答した。

「修次の豆腐屋には面番所の手先が入っておる。早晩証しが諸々挙がろう」

「修次の懐の財布には金子が入っておりましたか」

「裏同心どの、ひとつには十二両と質札、もうひとつは空であったぞ。十二両のほうは面番所で預かり始末をつける」

村崎はもはや引ったくり事件は解決したとばかりに御用聞きらを引き連れ、戸板に載せた修次を面番所へと運んでいった。

「一歩先を越されましたか」

「うーむ、修次が引ったくりであればな」

「神守様、どういうことで」

「どうも釈然とせぬのだ。とは申せ、なにか確信があってのことではない」

「言われてみれば死んだ修次にすべてをおっかぶせて一巻の終わりとは都合がよすぎる」

仙右衛門は羅生門河岸の木戸内でしばし思案していたが、切見世の一軒に近づいた。

「花魁、いるかえ」

「河岸女郎に花魁もないもんだ」

すぐにしわがれ声が戻ってきた。酒と化粧が入り混じった臭いがして、大顔の女が顔を覗かせた。

「おとみさん、騒ぎを見たな」

手が差し出された。

「ここんとこあぶれてばかりでねえ、酒を買う金もないのさ」

仙右衛門が一朱を掌に載せた。

「豆腐屋がさ、血相変えて明石《あかし》稲荷の方角から走ってきた」

「手に匕首を翳《かざ》していたか」

「それは見なかったよ、なにしろ突然のことだもの」

「話の腰を折ったな」

「木戸口の手前でさ、豆腐屋がちょいとの間、羅生門河岸を抜けようか、角町へ飛び出そうかと迷ったように立ち止まり、その直後、なにか短く掛け合ったあと、浪人さんがさ、つかつかと豆腐屋に近寄り、ぱあっ、と喉元を掻き斬ったのさ、それだけのことだよ、番方」

　おとみは見世に引っ込もうとした。

「待ちねえな、おとみさん」

「なんだい、もう話は種切れだよ」

「豆腐屋の修次はなぜこの木戸内で足を止めたのだな」

「そんなことは豆腐屋に訊いておくれよ」

「おとみさんは羅生門河岸へこのまま逃げようか、それとも角町へと走り込もうと迷ったと言ったが、角町は人出も多い。引ったくりをした奴ならこのどぶ板をそのままに走り抜けて、どこか蜘蛛道に逃げ込むんじゃねえかえ。それをここで足を止めた」

　おとみが考え込んだ。

「そう言われれば、豆腐屋は知った顔でも見たという感じで立ち止まったかなあ」

　おとみは迷い迷い、曖昧に答えを訂正した。

「だが、知り合いとみた浪人者に斬りかかられた」

　おとみが頷いた。

「浪人者はどんな風体《ふうてい》だ」

「どんなって編笠を被って何度も水を潜った袴だったよ。羽織はなしだ」

「なにか言ったか」

「刀がぴかりと光ったとき、たしかこの引ったくりめと叫んだっけ」

「そのことを面番所の役人に申し上げたか」

「言うものか。あいつら、羅生門河岸の女郎を人と見てないからね」

「大いに助かったぜ」

ふたりは羅生門河岸を北へと向かった。

仙右衛門は切見世で訊き歩き、修次が最後に引ったくりをしたという江戸町二丁目の裏手の蜘蛛道に現場を見つけた。

修次は質屋帰りの女を襲ったあと、蜘蛛道から羅生門河岸に走り出て、南に向かい、角町の木戸内で浪人と出会い、斬り殺された。

「おかしゅうございますね」

「おかしいな。なぜ浪人は修次を見て、即座に引ったくりと分かったのであろうか」

「そこです。豆を扱う引ったくりをわっしらが探していることをだれかから聞き知り、修次の口を封じるために始末した」

「まずそう考えるのが妥当《だとう》だな。修次はどちらに逃げようかと迷って木戸内で足を止めたのではない。仲間の編笠浪人を見て、引ったくった財布を渡そうとしたかなにかで、足を止めた」

「だが、刃が襲ってきた」

「番新の照梅と修次の斬り口は突きと払いと違ってはいる。だが、最初から殺す狙いで深々と刀を振るっているところは一緒だ。手練《てだ》れの仕業だ」

「こたびの引ったくり、修次なんて小者だけの知恵ではございませぬな」

「いかにも、ほとぼりが冷めたころにまた始まる」

「会所に戻りましょうかえ」

ふたりは蜘蛛道の奥へと突き進んだ。

四

面番所の調べが終わった新地豆腐は、息を潜めてひっそりとしていた。

幹次郎と吉原会所の小頭の長吉は間口一間（約一・八メートル）ほどの店の戸

を開いた。

「ごめんなさいよ」

長吉が声をかけた。

番方の仙右衛門は面番所の調べがどの程度進んでいるか、探りを入れに行っていた。そこで幹次郎は長吉と組んで京町二丁目裏の修次の店を訪ねたところだ。

ふたりが暗い店に入ると店全体に豆を煮る青くさい匂いが漂っていた。

幹次郎はふと今入ってきた蜘蛛道を振り返り、遠くに京町二丁目の表通りが小さく見えることに気づいた。そこだけが白く光っていた。そして、湿った風が蜘蛛道を吹き抜けてきた。

幹次郎の脳裏に五七五が浮かんだ。

大豆煮る　路地に香るか　夏の風

修次は豆腐を煮ながらきらびやかに繰り広げられる花魁道中や遊客が行き交うさんざめきを蜘蛛道の隙間《すきま》から見ていたか。

奥でなにかが動く気配がして、格子窓が薄く開けられ、隙間から入り込んだ灯りがその場を照らした。すると老夫婦が狭い板の間に肩を落としていた。

修次の親父の徳三《とくぞう》とお袋のまつだ。

「父つぁん、えらいことが起こったな」

「修次が、修次が」

と言うと手拭いを被ったままのまつが泣き伏した。

「面番所の連中が騒がせたな。ちょいとあっしらにも話を聞かせてくんな」

長吉は上がり框に腰を下ろし、幹次郎は狭い土間に立ったまま話を聞くことにした。框はふたりが腰を下ろす広さがなかったからだ。

「長吉さん、面番所の連中はさ、わあっと押し入ってきて、修次の持ち物をかっさらっていった。聞かされたのは修次が引ったくりの下手人ということだけだ。長吉さん、間違いってことはねえか」

「父つぁん、そいつは間違いあるめえ」

老夫婦の体がさらに小さくなった気がした。

「修次はいくつになったね」

「二十一になった。引ったくりというがそんな金、この小さな家のどこにあるというんだ」

徳三が吐き捨てるように言った。

「面番所は見つけられなかったか」

「見つけるもなにも小判や小粒なんぞ光りものとは生涯縁のない豆腐屋だぜ」

「修次が親しく付き合っていた遊び仲間はいなかったか」

「付き合いと言っても遊里《なか》の住人だ。蜘蛛道の豆腐屋が楼に上がれるわけもねえし、友達と言ってもな」

と徳三が首を傾げた。

「変わったことは」

変わったことか、としばらく思案した徳三が、

「そういえば落ち着きがなかったよ。長吉さん、ふた月前から配達に行った修次の帰りが遅くなることがしばしばだったぜ」

「遅くなるって、どれほどだ」

「数軒の妓楼や茶屋に豆腐を配るだけの仕事だ。半刻《はんとき》（一時間）もあれば済むものを二刻（四時間）、ときには二刻半（五時間）もふらついてきやがった」

「どこに行っていたのか知らないか」

「大門の外に出ていたような気がするな。ときに上気《じょうき》した顔で戻ってきたこと

もあったし、しょげて帰ってきたこともあった」

「行き先に思い当たるような言葉を吐かなかったか」

徳三がまつを顧《かえり》みた。まつは放心したような顔で話を聞いていたが、

「お父つぁん、修次が朝帰りしたことがなかったかい」

「そういえば一、二度あったな。朝帰りったって、修次のは、廓の外から遊里にお戻りだ。引け四つ過ぎにな」

朝の早い豆腐屋の朝帰りの刻限は夜半だというのだ。

「そんときさ、旅人井戸の傍《そば》で評判になっている吉原饅頭《まんじゆう》を懐に入れてきたことがなかったかえ」

「あったあった。ふだん土産《みやげ》なんぞ買う野郎じゃねえや、よほど間が悪くてよ、饅頭なんぞを買う気になったかねえ」

「すでに茶饅頭は冷たくなっていたよ」

と言ったまつがまた泣き出した。

三曲《みまが》りの五十間道の中ほど右手に、旅人井戸と称する井戸があって、そこだけ小さな四角に地面がへこんでいた。

五十間道の両側には外茶屋と呼ばれる引手茶屋が軒を連《つら》ねていたが、その間に吉原名物の浮世絵なんぞを売る店があり、この旅人井戸の周りにも近ごろ、茶饅頭を売り出す新店ができた。間口一間もあるかなしかの小店だが、吉原に遊びに行く客が馴染の花魁に買っていったり、仲間と待ち合わせる男が食べたり、ときには廓内の住人が買いに来たりと評判を呼んでいた。屋号は有明《ありあけ》といった。

「ごめんなさいよ」

長吉が声をかけた。すると姉さん被りの女主が、長吉の印半纏を見て、

「御用にございますか」

と訊いた。

中年増《なかどしま》のなかなか整った顔立ちの女だった。長吉が頷くと小女《こおんな》になにかを言いおいて女は旅人井戸まで出てきた。

「すまねえ、仕事中に」

「いえ、私どもは吉原で商いをさせてもらってます。会所の御用のお役に立つことも務めです」

「そう言ってもらうと気が楽だ。おまえさん、名はなんといいなさる」

「おつたと申します」

「おつたさんか、とりとめのない話でな」

と前置きした長吉は廓内の新地豆腐の倅、修次のことを訊いた。

「知っています、修次さんなら。いつぞやはうちの豆腐は美味しいからと持ってきてくれました」

「そんなことがあったかえ。その修次だがねえ、おまえさんのところに茶饅頭を買いに来るだけではあるまい」

おつたはしばし思案した。項《うなじ》から二、三本乱れた髪がなんとなく悩ましく、幹次郎は目を外そうとした。するとおつたと目が合った。が、すぐに外された。

「修次さんは賭場に通っていたのではないでしょうか」

「博奕《ばくち》かい、どこだえ」

「それは分かりません。そわそわした具合や考え込む様子は博奕に入れ込んだ者の見せる態度です。私の死んだ亭主がそうでした」

おつたは亭主を亡くして小商いを始めたようだ。

「修次は賭場に行くのになぜここに立ち寄ったのかな」

「それはだれかと待ち合わせていたんじゃないでしょうか。いつも道の方角を気にしていましたもの。いつもふと気づくと修次さんはいなくなっていました」

と答えたおつたの視線がもう一度幹次郎に戻ってきた。

「お侍さんは汀女先生のご亭主でございますよね」

幹次郎が頷いた。

「十日も前のことでしたか、汀女先生と見返り柳の傍ですれ違いました。女が見ても惚れ惚れする颯爽《さつそう》とした女ぶりです。吉原通いの男衆も思わず振り向いたほどでした」

幹次郎はおつたがなにを言い出したかと困惑の顔を見せた。

「そのとき、深編笠の浪人さんが立ち止まりまして、汀女先生のお顔をじろじろと無作法に覗き込みました。汀女先生はそ知らぬ顔で坂下へ歩き去られました。浪人さんがその背を見送り、その傍らに修次さんともうひとり背丈がひょろりとした若い衆が立っていたんです」

「深編笠の浪人か、面白いな。三人は連れだったというんだねえ」

長吉の問いにおつたが首肯した。

「近ごろ、修次さんは追い詰められたような顔をしていました。あれは賭場で負けが込んでいる証しです」

と亭主に重ね合わせたか、言い切ったおつたが、

「三人は山谷堀《さんやぼり》を渡って今戸町のほうへ行きました」

「助かった」

長吉が礼を述べた。

「神守様、おつたが見た深編笠の浪人が修次を斬った浪人だと思いますかえ」

「そんな気はするのだが、ただ今のところなんとも言えぬな」

「修次は深編笠か、その仲間ののっぽに博奕に誘われ、いいこと弄《もてあそ》ばれて借金を作った。それを返すために引ったくりを強要された」

「深編笠が修次を殺した浪人なれば辻褄《つじつま》が合う。修次の身許が割れたというので始末された」

「問題はおれたちが引ったくりが豆腐屋と関わりがあると突き止めたとどこから知ったかだ」

それが謎として残った。

ふたりは山谷町や今戸町の入会地《いりあいち》の間を北に向かって歩いていた。

足田甚吉やおはつが住む久平次長屋はすぐそこだ。

「さて、どうしたものか」

と呟いた長吉が長屋の差配《さはい》や大家に訊いて回った。だが、賭場が開かれている寺や屋敷は知らないという答えが返ってくるばかりだ。

五月の陽光が少し西に傾きかけた頃合、小塚原縄手《こづかっぱらなわて》に向かう街道の辻に幹次郎は立っていた。

昼間、豆腐の配達に出た修次らを誘い込む賭場だ。そう遠くであるはずはなかった。だが、どうしても見つからなかった。

(どうしたものか)

思案する幹次郎に声がかかった。

「幹やん」

振り向くと甚吉が背に竹籠を負い、手に鍬《くわ》を提げて立っていた。菅笠の下の顔には汗が光っていた。

「筍《たけのこ》掘りに行ってきたんだ」

「暢気《のんき》だなあ、相模屋の仕事はよいのか」

「相模屋の竹藪だ、茶屋で使う筍だぞ」

と答えた甚吉が、

「考え込んでいたが会所の御用か」

「素人博奕が行われるような賭場を探しておる」

幹次郎はざっと経緯《いきさつ》を告げた。

「賭場か、知らぬな」

と答えた甚吉は、

「若い男が誘い込まれるのは賭場ばかりとは限るまい」

「他になにがある」

「女だな」

「甚吉、吉原はただひとつの官許の遊廓だぞ。そんな近くに女郎を置くのを会所が許すと思うか」

「幹やん、知らぬな。遊廓の中の男衆は見世の品に手をつけるわけにはいくまい。となればどうする」

「甚吉、この近くにそのような場所があるのか」

「玉姫《たまひめ》稲荷裏手の百姓家にさ、素人女を何人か置いた宿があると聞いたぞ。なんでも吉原に出入りの貸本《かしほん》屋の栄次《えいじ》が主と聞いた」

「なんですって！」

と叫んだのは長吉だ。

「長吉、なんぞ思い当たることがあるかな」

「面番所の小者を務めている三四郎《さんしろう》って、とぼけた野郎の兄貴ですぜ」

長吉が幹次郎を見て、さらに言い足した。

「もし修次が深編笠の浪人に連れ込まれた先がそこなら、符丁《ふちょう》が合いますぜ。貸本屋というのは廓内の女郎の動静に通じている連中でしてね、どこぞの花魁の手元が苦しいとか、今日辺りは番新に質屋行きを命じるかなんてお茶の子さいさいで承知していますのさ。あとは修次みてえに吉原の裏路地、蜘蛛道をよく知った野郎の弱みを摑み、仕事をさせて、上前をはねる。面番所や会所の情報は三四郎から得ていたとしたら、おれたちの動静は栄次に筒抜けだ」

幹次郎の脳裏に遊女たちが二度寝から目覚めた刻限、縞《しま》模様の着物を着流しにして前帯に結び、背に草双紙《くさぞうし》や読本《よみほん》を頭より高く包み込んだ大風呂敷を負い、妓楼の大階段を上る貸本屋の姿が浮かんだ。

貸本屋は背に荷を担《かつ》ぐために前帯を締めた。古川柳に、

「本屋さん今日は休みか後ろ帯」

とその様子が詠まれた。

ともかく貸本屋は遊女の気持ちに取り入るために噺家《はなしか》か講釈師《こうしやくし》のようにおもしろ可笑《おか》しい話術がなければ出入りが許されなかった。

「甚吉、貸本屋の栄次のところに深編笠の浪人が出入りしておらぬか」

「そこまでは知らぬな。これから先は幹やん方の御用だ」

領いた幹次郎は長吉と相談して、甚吉にこの一件を会所に告げ知らせる役を頼んだ。

「あいよ、筍をさ、相模屋に放り込んだら会所に走るぜ。七代目か番方に、直《じか》に話すんだな」

「急いで頼む」

「おうよ」

と請け合った甚吉が筍とともに去っていった。

甚吉が言うように別当不動院《べっとうふどういん》玉姫稲荷の裏手の竹藪に囲まれた家は貸本屋の栄次が借り受けていることが分かった。さらに近くの住人に訊き込むと素人娘が三人ばかりいて、連れ込まれる客の他に深編笠の浪人も出入りしていることが判明した。

日のあるうちは百姓家にとても近づけなかった。それに、甚吉が知らせたはずの会所からだれも出張ってくる様子が見られなかった。

ようやく日が沈んだ。ふたりがどうしたものかと思案していると、若い衆の宮《みや》

松《まつ》が、

「長吉兄い、神守様」

と声をかけてきた。

「おおっ、来たか」

「七代目がお待ちです」

宮松がふたりを案内した先は、貸本屋の栄次が借りた百姓家の出入りが竹藪越しに見通せる瓦屋《かわらや》だった。

「待ちくたびれなさったか」

と七代目が幹次郎に言いかけた。

「甚吉さんから知らせが入ったとき、新たな引ったくりが起こった最中でしてな、ちょいと身動きがつかなかった」

「修次の代わりが早《は》や動きましたか」

「面番所が早々に引ったくりは解決したと手を緩めた隙を狙ったものであろう。禿が押し倒されて二十五両が奪われた」

「七代目」

と番方が呼んだ。全員が振り向くと、

「深編笠の浪人が姿を見せましたぜ」

と番方の視線は夕間暮れの百姓家を見ていた。

「あやつ、身許は割れました。いえね、貸本屋の栄次が本を仕入れる問屋草双紙屋の番頭が承知していましたよ。浅草並木町《なみきちょう》の裏店《うらだな》に住む越後浪人河畑庸輔《かわばたようすけ》、塚原卜伝《つかはらぼくでん》先生創始の新当流《しんとうりゅう》の遣い手とか。栄次とは草双紙屋で知り合ったそうな。河畑が住む長屋は草双紙屋の持ち物でねえ、河畑は食い詰めて店賃《たなちん》を溜めた折り、草双紙屋でただ働きをしていたそうです」

四郎兵衛は幹次郎がもたらした情報の裏づけを取っていた。

「栄次と河畑がつながりましたか」

「河畑はすでに番新の照梅と修次を殺しております。あっさりとはお縄になりますまい」

一同が頷いた。

「踏み込みますか」

番方が四郎兵衛にお伺いを立てた。

「吉原で商いをしてきた貸本屋が引ったくりを企てたのも腹立たしいが、吉原の傍で素人娘を使い、商いをなそうという魂胆が許せぬわ」

幹次郎は腰の和泉守藤原兼定の目釘《めくぎ》を改めた。

仙右衛門が表口、裏口と二手に分けた。

幹次郎は当然表口の組だ。

一統は表門から堂々と、貸本屋の栄次が引ったくりの根城にした百姓家に入っていった。門を潜ったあと、裏口組が気配を消して闇に没した。

表は四郎兵衛と仙右衛門と幹次郎の三人だけだ。

「参りますか」

四郎兵衛が呟くように言うと仙右衛門が百姓家の表戸に走り、戸を開いた。吉原会所の七代目が、

「御免なさいよ」

と中に入った。閉《た》てられた障子の向こうに灯りが点り、

「だれだえ」

という声がして、障子が開かれた。灯りが流れ、三人の姿を浮かび上がらせた。息を呑む音が囲炉裏《いろり》を囲む男女から起こった。

町人が三人、四十がらみの浪人がひとり、そして、若い女が三人いて、酒盛りをしていた。それとは別に障子際に立つ男がいた。

「吉原会所の四郎兵衛だが、貸本屋の栄次とはおまえさんかえ」

と四郎兵衛が障子際に立つ男に尋ねた。

「私でございますがな」

「だれに断り、御免色里《ごめんいろざと》の傍で素人女に客を取らせたな」

「四郎兵衛様、なんぞお間違いではございませぬか」

「間違いかどうか、会所で聞こうか」

「廓外で酒盛りをしている者を会所に連れ込もうなんて、無法にもほどがありますよ、七代目」

「女に商いをさせたばかりか、豆腐屋の修次らを引き込み、女を抱かせた上で引ったくりを強要した罪、一同、軽くねえぜ。栄次、まずは獄門台は覚悟せねばなるまいて」

女のひとりが、
ひえっ
と悲鳴を上げた。さらに囲炉裏端から逃げ出そうとした男がいた。

「面番所の三四郎さんではないか、なぜ逃げなさるな」

と番方が呼びかけた。

三四郎は腰を抜かしたように囲炉裏端にへたり込んだ。

「おさと、三四郎、騒ぐねえ。会所がなにを承知というのだ」

「越後浪人河畑庸輔、おめえさんはしくじったねえ、修次の身許が割れたというので羅生門河岸の木戸内で出合い頭に斬り殺そうとしたとき、この引ったくりめと叫びながら刃を振るったそうな。出合い頭になぜ修次が引ったくりと分かったな」

「なにっ！　身どもはそのような言葉を発しておらぬわ」

「切見世女郎がおまえさんの言動を逐一《ちくいち》見ていたんでございますよ」

畜生《ちくしよう》！

と叫んだ河畑が刀を手に囲炉裏端に立ち上がった。

貸本屋の栄次が奥へと逃げ込もうとしたとき、百姓家の裏口から長吉たちが押し入ってきた。

うっ
「栄次、じたばたしても致し方あるまい。正面から会所の用心棒を叩き斬って逃げるぞ。こやつの女房が寡婦《かふ》になるのはちと哀《あわ》れだがな」

「へえっ」

河畑が剣を抜きつつ、土間に飛び降りた。

そのとき、幹次郎は四郎兵衛の前に、
すいっ
と出た。

間合はすでに一間とない。

河畑は手にした抜身を左右上下に軽く振り、戦いの場の広さを確かめた。

幹次郎は腰に差した和泉守藤原兼定の柄を腹前に置いて寝かせた。

加賀城下外れの眼志流《がんしりゅう》道場、小早川彦内直伝《こばやかわひこないじきでん》の居合を遣おうとしていた。

それを知ってか知らずか、河畑は正眼《せいがん》に構えた剣を突きへと変えた。

百姓家はふたりの剣客の戦いに動きを止めた。止めざるを得ない濃密な雰囲気が漂った。

時が流れていく。

河畑の顔からすうっと赤みが消え、青白く変わった。

切っ先が引かれた。さらに軽く突き出された。

ええええいっ！

裂帛《れっぱく》の気合いが漏れて、河畑が突進してきた。

幹次郎も切っ先に向かって身を投げ出し、腹前の藤原兼定二尺三寸七分を抜き撃った。

河畑の突きを幹次郎の、

「眼志流横霞《よこがすみ》み」

が弾いて、両者はすれ違った。

同時に反転した。

だが、河畑よりも幹次郎の反転の動きが滑《なめ》らかだった。河畑が身を返したときには、幹次郎の体がすでに間近にあって、二撃目の準備を終えていた。それほど滑らかな動きだった。

「浪返《なみがえ》し」

とその言葉が漏れたとき、藤原兼定が光になって河畑の胴を深々と抜いた。

うっ

と押し殺した呻《うめ》き声が河畑の口から漏れて、両膝がくだけ前にがくんと倒れ込んだ。

幹次郎の切っ先が、

くいっ

と廻され、貸本屋の栄次に向けられた。

わあああっ

と悲鳴を上げる栄次に長吉らが飛びかかっていった。

第三章　梅雨の旅

一

吉原仲之町に連なる七軒茶屋の筆頭、山口巴屋の風通しのよい広座敷に茣蓙《ござ》が敷かれ、女たちが集っていた。

今日は甘露梅を漬け込む日だ。

日ごろ、山口巴屋に出入りを許されている見番の芸者や妓楼の女衆が大勢手伝いに詰めかけていた。さすがに吉原の華の花魁衆の姿はない。

神守汀女も姉さん被りに襷がけで手伝う女たちに混じっていた。

甘露梅は、

「毎年五月中旬より廓中の茶屋、一同に甘露梅を製して正月の年玉に用ゆ。今年の夏製したるは翌々年の春の配りとす」

と『春色梅美婦禰《しゅんしょくうめびぶね》』に記される吉原独特のものだ。さらに甘露梅を作る日は女たちが懇意の茶屋に手伝いに行くのを習わしとするとある。

その製法は、塩に漬け込んだ青小梅の種を取り、その穴へ山椒《さんしょう》または粒胡椒《つぶこしょう》などを入れて、ふたたびふたつを合わせて紫蘇の葉で包み、砂糖や蜜、さらに酒を加えて壺に入れ、その冬まで目張りしたとか。

これは風を入れると黴《かび》が生じるからだ。

そんな風にふたつの年の瀬を越えた甘露梅は正月七日に茶屋では贔屓《ひいき》の客に年玉として配った。

日差しを避けて縁側に葭簀《よしず》が張られ、何十人もの女たちが紫蘇の葉に手を赤く染めながら梅を包む光景はなんとも壮観でにぎやかだった。

玉藻は女たち一人ひとりに声をかけ、心配りをした。

「汀女先生まで紫蘇の朱に指を染めさせて、神守様に申しわけないことです」

「ふだんは独りで過ごしております。なんとも賑やかで楽しゅうございます」

近ごろ、汀女の手習い塾に通う芸者もいて、あちらからも、

「汀女先生、ご一緒にしましょうよ」

こちらからも、

「汀女先生、こちらが先です」

と声がかかり、汀女は会釈を返すのに追われた。

山口巴屋では沢山《たくさん》の甘露梅を漬け終えたあと、手伝いの女たちに酒と料理を振る舞うのを習わしにした。

この日ばかりは吉原内外の茶屋は女たちで占領された。

そんな姦《かしま》しくも賑やかな日の翌早朝、吉原大門の前が賑々《にぎにぎ》しくも大勢の見送りの人々で溢れていた。

新角楼の遣手だったおしまが実の倅の一太郎に殺された。一太郎の犯行はおしまが貯め込んだ大金を奪わんとしてのことだったが、吉原会所の探索の結果、その所業が暴かれ、吉原から逃れようとしたところを捕縛された。

ただ今、一太郎の身は小伝馬町《こでんまちょう》の牢屋敷にあって、裁《さば》きが待たれていた。一旦、一太郎の懐に入ったおしまの金子はほぼ全額が回収された。

おじまの書付（遺言）を町奉行所も認めて、新角楼の主の助左衛門、吉原会所の七代目の四郎兵衛がおしまの生まれ在所の信濃国姨捨村まで届ける約束になっていた。

だが、引ったくり事件で出立が延び延びになっていた。騒ぎも一段落つき、甘露梅の漬け込みが終わった翌日、鹿島立《かしまだ》ちということになったのだ。

四郎兵衛に懇請《こんせい》された神守幹次郎も同道《どうどう》することになった。さらに助左衛門には楼の男衆の風太《ふうた》が、四郎兵衛には山口巴屋の若い手代の宗吉《そうきち》が荷物持ちとして従うことになった。

玉藻らが、

「お父つぁん方は歳も歳、かと言ってお侍の神守様の手を煩《わずら》わすことなどできません。道中の荷物持ちに若い衆を連れていってください」

と案じてくれて、四郎兵衛らが応諾《おうだく》したのだ。

だが、四郎兵衛は会所の若い衆の同道を認めなかった。会所の者は吉原全体の雇い人、四郎兵衛が留守の間、番方の仙右衛門を中心にしっかりと廓内の安全と自治を守る務めがあるというのだ。

ともかくおしまの遺言を実行するために五人の男たちが信州《しんしゅう》を目指すことになったのだ。

大門前の見送りにはおしまが勤めていた新角楼のふたりの花魁、華栴や白妙ら

が交じり、玉藻や汀女もいて、

「お父つぁん、旅に出たら生水に注意するのよ」

「そろそろ梅雨に入りますからね、食べ物にはくれぐれも気をつけて」

と注意の言葉を繰り返し、

「四つ五つの子供が旅をするのではありませんよ」

と四郎兵衛が言い返していた。

「見送り有難《ありがと》うございました。私ども五人、おしまの遺髪を持参し、あちらで回向をした上で生まれ在所の土に返してあげたいと思います。それとおしまの遺言もな、果たす所存で、信州松代領内姨捨村まで旅をして参ります」

ちょっと緊張気味の助左衛門が挨拶をして、遺髪を懐に抱いて駕籠《かご》に乗り込んだ。そして、四郎兵衛が続き、ふたつの駕籠の傍らにそれぞれ風太と宗吉が従い、幹次郎は汀女に目顔で出立を告げた。

「幹どの、大変でしょうが、四郎兵衛様と助左衛門様の面倒をお願いしますよ」

「姉様、心配はいらぬ。若いふたりもおるでな」

汀女は年下の亭主にそっと鷲神社のお札《ふだ》を持たせていた。道中の安全を祈願して、玉藻とふたり、昨日の女たちの宴《えん》が終わったあとにお参りに行ってお札をもらっていたのだ。

玉藻もまた幹次郎に、

「神守様、ふたりの年寄りは口先だけでえらそうにしておりますが、吉原しか知りませぬ。どうかよろしくお願いします」

と最後に念を押し、幹次郎も、

「玉藻様、なんとしても無事に吉原に戻ります」

と気張った言葉で応じ、ようやく駕籠が上げられた。

幹次郎は一行の先頭に立った。

五十間道に、駕籠舁《か》きの息杖《いきづえ》が地面をかく音も律動的に響いて、進み出す。

「行ってらっしゃいな」

「お元気で」

幹次郎は菅笠に夏小袖に道中袴、武者草鞋《むしゃわらじ》を履いて足元を固め、腰には使い慣れた一剣、無銘ながら江戸の研ぎ師が後鳥羽《ごとば》上皇《じょうこう》の二十四人番鍛冶《かじ》のひとり、豊後行平の作と見立てた刃渡り二尺七寸があった。さらに背には道中囊《どうちゅうぶくろ》と汀女が縫ってくれた袋に入った木刀を負っていた。示現流《じげんりゅう》では木刀は稽古の道具であるとともに得物《えもの》になった。

一行は衣紋坂《えもんざか》を上って、俗《ぞく》に土手《どて》八丁《はっちょう》と呼ばれる日本堤《にほんづつみ》に出た。

ここまで、吉原の男衆や会所の何人かが見送りに従った。その中に番方の仙右衛門がいた。

「神守様、玉藻様じゃねえが旅に出たら、神守様が頼りだ。お願い致しますぜ」

「心得た」

見返り柳の前でふたたび出立と見送りの言葉が交わされ、駕籠は土手八丁を突き進む。

この二日、吉原会所では貸本屋の栄次が首謀者の引ったくり事件の後始末に追われた。

栄次は背に草双紙などを担いで妓楼を歩き回って商いをしていたが、なんとか荷担ぎ商いから一国一城の主にと夢見た。とはいえ、花の吉原で見世を開くには大金が要る。そこで考えたのが女郎の虚栄につけ込んだ質屋帰りの番新、禿を襲い、金子を奪うことだ。だが、それに自らは手を染めず、吉原の地理や仕来たりを熟知した住人を使う手を考えた。

花の吉原に生まれ育ちながら、蜘蛛道の奥で地道に商いをして暮らしていた若い修次らだが、廓内で遊ぶわけにもいかなかった。ときに品川や深川に足を延ばして飯盛女を買うこともあったが、なにしろ吉原の裏も表も知った連中だった。そんなことで満足できるわけもない。

そんな気持ちに巧みにつけ入ったのが栄次で、吉原近くに若い素人女を囲う隠れ岡場所《おかばしょ》を拵《こしら》え、吉原の遊びに飽きた連中を呼び込んでいた。

その娘たちを抱かされたのが修次らだ。頃合を見て栄次が居直り、女と寝たければ引ったくりをせよと命じ、うまく仕事をやり遂げる度に娘の体を与えていたのだ。

「御免色里」

と呼ばれる官許の吉原の傍らに秘密の遊び場を設けたばかりか、女子供を襲い、引ったくりを重ねた。

その被害の額は実に二百両に達していた。栄次は引ったくりの身許が露見しそうになると、越後浪人河畑庸輔に始末させていた。

修次の身許が割れたのは、番新の照梅が修次の体から煮大豆の匂いがしていたのと、
ちらり
と見た風貌が新地豆腐の倅の修次に似ていると気づいたからだ。

だが、照梅は会所にも面番所にも伝えず、修次を反対に強請ることを思いついた。照梅は修次独りの仕事と勘違いして強請った。

このことに驚き慌てた修次は栄次に報告し、栄次から照梅と修次殺害の命が下った。

修次に呼び出された照梅を天女池で待ち受けていた河畑が突き殺して池に放り込み、さらに修次に新たな仕事を命じて、その直後にやはり河畑が手を下すことで、口を封じた。

引ったくり探索の手配りの情報は、栄次の弟である面番所の小者三四郎を通じて栄次らにもたらされていたことは言うまでもない。

面番所の小者が探索の情報を漏らしていたというので大騒ぎになっていたが、ともあれ首謀者栄次に極刑が下されるのはまず間違いなかった。

そんな後始末に追われた二日間だった。

幹次郎が今戸橋の袂《たもと》から御《お》蔵前通《くらまえどお》りに曲がると、

すいっ

と長吉が身を寄せてきた。

「内藤新宿まで見送らせてくだせえ」

「ご苦労ですな」

ふたりは肩を並べて二丁の駕籠を先導するように足早に進む。

「風太はおしまの生まれ在所の近くから、女衒に頼んで吉原の奉公に出てきた男なんですよ。道中は江戸に出てきたときの一度きりだ、頼りにはなりますまい。だが、在所に行けば力になりましょう」

と長吉が後ろを振り向いた。

背に主と自分の荷を負った風太が俯《うつむ》き加減で黙々と足を運んでいた。

その表情には在所に戻れる嬉しさよりも主や会所の七代目の供を命じられた緊張が漂っていた。

「歳はまだ十八歳でさあ、たしか、四年ぶりの里帰りと聞いております」

「宗吉は顔を見知った程度だな」

「山口巴屋の使い走りをようやく終えた半人前でしてね。だが、ご覧の通り体つきもしっかりしてきたし、なかなか知恵も回ります。玉藻様はゆくゆく茶屋の内証を任せる男衆にと考えておられますが、四郎兵衛様は違った思案を持っておられるようだ」

「ほう、その思案とはなんだな」

「へえ、今度の旅の具合で会所に引き抜こうと考えておられるので」

吉原で働く男衆にとって会所の長半纏を着るのは憧れだった。

大半の男衆は遊女三千人の陰仕えをしたが、吉原の治安と自治を実際に取り仕切る吉原会所は数少ない、粋な働き場所だったのだ。それだけに度胸も据わり、機転も利き、機智に富んだ若者でなければ務まらなかった。

四郎兵衛の心積もりでは若い衆の候補のひとりという。

身丈五尺八寸（約百七十六センチ）はあろうか。

背の荷を軽々と担いでいた。

「二十歳になったばかりでさあ。だが、形はでかいがなにしろ朱引きの外に出たこともありますまい。おれが見るところ、四郎兵衛様、助左衛門様よりふたりの若い衆が神守様に面倒をかけそうな気がしますぜ」

と長吉が苦笑いした。

「まあ、おしまの望みを果たすための道中だ。無理をせずに参ろうと思う」

「お願い申します」

と長吉がぺこりと頭を下げた。

一行は内藤新宿追分《おいわけ》の旅籠、甲州楼《こうしゆうろう》で休憩を取り、別れの盃を交わした。長吉の見送りもここまでだ。

あとは五人の道中になる。

太宗寺《たいそうじ》で打ち出す五つの時鐘《ときのかね》が内藤新宿に響き渡り、一行は改めて草鞋を履いた。

四郎兵衛と助左衛門が話し合い、駕籠を捨てて、足慣らしをすることになった。

この日、薄日が差す日和で旅にはうってつけだ。ただ、じっとりとした湿気だけが気になった。

夏の旅だ。

四郎兵衛も助左衛門も日差しを避けるために菅笠を被り、薄物を着て、杖をついていた。

ふたりと幹次郎が肩を並べ、若いふたりがその後に従う恰好になった。

「助左衛門さん、神守様ほど心強き連れはございませんぞ。なにしろ汀女先生と十年、旅暮らしをなされておられましたからな、旅のことなればすべてご承知です」

と四郎兵衛が言った。

「それはたのもしいかぎりです。ご夫婦で武者修行ですか」

「まあ、そんなものです」

四郎兵衛が早々に返事をした。

幹次郎の旅は、他人の女房となっていた幼馴染の汀女の手を引いて、豊後岡藩七万三千石を逐電《ちくでん》したときに始まった。妻仇《めがたき》と呼ばれて、汀女の夫の藤村壮五郎《ふじむらそうごろう》らに追われる道中であった。一日として心休まる夜はなく、それが十年も続いた。

一年余前、吉原会所に拾われてようやくふたりの暮らしが落ち着いたのだ。

「四郎兵衛様、それがし、旅暮らしには慣れておりますが甲州道中は甲府《こうふ》城下を足早に抜けた一度きりにございます。道案内として役に立つかどうか」

「その心配は無用です。耳学問なれど年寄りに任せなされ。歩かずともよく承知です」

と四郎兵衛が胸を叩いた。

「まずお訊きしておきます。今宵の泊まりはどこに致しますか」

ふたりがどのくらい歩けるか分からなかったので、尋ねた。

「内藤新宿からおよそ六里（二十三・六キロ）、六所明神《ろくしょみょうじん》の府中《ふちゅう》宿で、と考えております。その先の日野宿《ひの》には日野の渡しを使わねばなりませんでな」

「承知しました」

後ろのふたりもその会話を耳に入れたようで頷く様子があった。

「助左衛門さん、昼は深大寺《じんだいじ》に立ち寄り、参拝したあと、名物の蕎麦を食して参りましょうかな」

「吉原二万坪がわたしどもの世界、あれはあれで奥も深く、それなりに広いと思うておりましたが、旅に出るとやはり、われらは井の中の蛙《かわず》、いいえ、遊里《さと》の中の忘八、世間を知りませんな」

といかにもうれしそうだ。

内藤新宿から二里（約七・九キロ）で下高井戸《しもたかいど》、さらに十二丁四十間（約一・四キロ）で上《かみ》高井戸、一里十九丁三十間（約六・一キロ）で国領《こくりよう》となる。国領は布田五宿《ふだごしゆく》のうち最初の宿で、国領、下布田、上布田、下石原《いしわら》、上石原と続く。

四郎兵衛が昼餉を摂ろうという深大寺は布田宿から深大寺道に入り、北へ少し外れた地であった。

深大寺は天平《てんぴよう》五年（七三三）の創建と伝えられ、白鳳《はくほう》時代の仏像が安置された関八州《かんはつしゆう》でも知られた古刹《こさつ》であった。

訪ねた寺は武蔵野《むさしの》の鬱蒼《うつそう》とした森に囲まれて静かな佇《たたず》まいを見せていた。寺の内外に清流が流れて、水音が夏の旅をしてきた五人の耳に心地よく響いていた。

伽藍《がらん》は野火により焼失したが、戦国時代に再興され、天正《てんしよう》十九年（一五九一）には徳川家康《とくがわいえやす》から寺領五十石の朱印《しゆいん》を受けていた。

厄除元三大師《やくよけがんざん》として近郊近在の篤《あつ》い信仰が持たれ、毎月三日と十八日の縁日には、

「諸商人茲《ここ》に集ひ、近郊から善男善女が多く集まりたり」

という賑わいを見せた。

一行は浮岳山《ふがくさん》の山号のある山門《さんもん》を潜り、ご本堂にお参りした。

その後、寺内を見物して、深大寺村の総鎮守《そうちんじゆ》とされる深沙堂《じんじやどう》のご本尊などに手を合わせて、旅の無事を祈願した。

深大寺の名物は蕎麦で、江戸にも知られていた。

それは寺近くの新田村の畑から採れる蕎麦をこれまた寺から湧き出す湧水《ゆうすい》でさらしたもので、

「風味抜群によし」

とされた。

この名物をいただいた一行はふたたび深大寺道を使い、甲州道中に戻って、この夜の泊まりの府中宿に到着した。

その刻限がおよそ七つ（午後四時）過ぎ、まずまずの旅の始まりであった。

府中宿はその昔国府《こくふ》のあった場所で、宿場の中心はなんといっても、武蔵惣社《そうしゃ》六所宮《ろくしょぐう》であった。

一行は四郎兵衛が知り合いの本陣《ほんじん》横の島田屋《しまだや》に入り、番頭や女中などに、

「吉原会所の頭取に新角楼の主様、ようお出でなされました」

と迎えられた。

二

濯《すす》ぎ水をもらい、二階座敷に上げられると開け放たれた窓から六所宮の境内が眺められた。こうなれば四郎兵衛が黙っているわけもない。

「助左衛門さん、湯に入るにも間がございます。六所宮にお参りせぬ手はございますまい」

と言い出して、年が若く、まだ寺社参りに関心のない風太と宗吉が旅籠に残り、

幹次郎がふたりの年寄りの供でふたたび表口に下りた。

六所宮は古代、武蔵国の主《おも》だった六神社を合祀《ごうし》したことからこう呼ばれるようになった。

寿永《じゅえい》元年（一一八二）には源頼朝《みなもとのよりとも》が妻北条政子《ほうじょうまさこ》の安産祈願のために奉幣使《ほうへいし》を遣わすなど武人に信仰を持たれた神社でもあった。

徳川家康もまた天正十八年（一五九〇）に朱印五百石を与えていた。神主は年始や将軍家代替わりに江戸城への登城も許されていた。

三人は北向きに建てられた六所宮の参道へと足を踏み入れた。鬱蒼と茂る杉林にさわさわと多摩川からの夕風が吹き渡っていく。

「七代目、暗闇祭りは勇壮な祭りじゃそうな」

助左衛門が言い出した。

「おう、思い出した。たしか、この月の初めですよ。真夜中に灯火を消した神輿《みこし》がひたひたと渡御《とぎょ》して、辻などで二基の神輿がぶつかるとはげしい喧嘩になるのだそうですよ。それで別名喧嘩祭りとも呼ばれていますな」

「よく楼に上がった客に話を聞かされます」

「この次は祭りの折りに見物に来たいものです」

ふたりの年寄りが参道を話しながら進み、幹次郎がそのあとに従った。

杉の梢の間を川鵜《かわう》が飛び回っている、多摩川に棲《す》む鵜か。

随身門《ずいじんもん》を潜ろうとすると脇門から酒樽と銭箱を担がせた大店の主にしては砕けた恰好の男が姿を見せ、四郎兵衛らとすれ違おうとした。が、一瞬、その足が止まり、
ぎらり
と尖った視線を向けてきた。

そのことに幹次郎は気づいたが、それが四郎兵衛に向けられたものか、あるいは助左衛門を睨《にら》んだものか、見知った者ゆえの視線だったのか、判断がつかなかった。

でっぷりと太った男はすぐに尖った視線を消し、腰をひとつ軽く折ると四郎兵衛らに会釈した。四郎兵衛たちも頭を下げたが、そのまま言葉を交わすことなく社殿に進んだ。

幹次郎は背に新たな視線を感じていた。

が、それ以上、関心を持ったわけではない。

三人は社殿の前で旅の無事と吉原で実の子に殺されたおしまの魂の安寧《あんねい》を願い、

頭《こうべ》を垂れた。

島田屋に戻った三人は湯に入り、座敷に戻った。するとすでに夕餉の膳が並んでいた。四郎兵衛が膳の上の魚に目を留めた。

「おや、多摩川の鮎《あゆ》ですよ。となれば酒が要りますな、助左衛門さん」

「江戸でも名高い多摩川の鮎、酒と一緒に賞味させてもらいましょうかな」

ふたりが話し合い、宗吉が機敏に階下に下りて酒を注文してきた。

川底で孵化《ふか》した鮎の稚魚《ちぎょ》は流れに乗って海に戻り、二月か三月になったころ、ふたたび川を遡《さかのぼ》ってきた。清流でなければ棲まない川魚だ。

晩春になると多摩川で獲《と》れた鮎を天秤で担いだ男たちが夜を徹して内藤新宿や府内へと走り、

「多摩川の鮎、旬《しゅん》の鮎だよ」

と朝方売って歩いた。

「春の末より秋の末まで、鮎の魚を汲《すくい》とる事佳興又一品なり。土人は鵜の鳥を六七羽づゝ舟に乗り出し、綱《つな》を付けてあやどり遣ふ」

『遊歴雑記《ゆうれきざつき》』は多摩川の鮎漁を伝えている。

鵜漁や友釣りなどで捕られた鮎を担いだ男衆が夜中に競い走るのは活きが命だ

からだ。日に当てて、鮮度が落ちると美味《うま》さも落ち、売値も下がった。

島田屋では鮎の塩焼きを蓼酢《たです》で食べさせた。

「おおっ、これは頬が落ちそうです」

「七代目、絶品ですな。わたの香気と渋みがなんとも年寄りの口に合う。風太、そなたらにはこの美味さ、分かるまいな」

年寄りふたりは酔いも相俟《あいま》って饒舌《じょうぜつ》だった。

幹次郎は少しばかりの酒の酔いに陶然《とうぜん》としながら、まずは旅の一日目が無事に終わったことを神仏に感謝していた。

すべて物事は始まりに困難がやってきた。旅も一緒でふだんの暮らしから離れると、どうしても体調を崩したり、足に肉刺《まめ》を作ったりすることが多い。

汀女との流浪の旅で幹次郎は十分に承知していた。

だが、四郎兵衛も助左衛門も元気そうだし、ふたりの若者にも支障はなさそうだと推測した。

翌朝、旅は七つ発ちに倣い、一行も府中宿島田屋をこの刻限に発った。

一行が分倍河原《ぶばいがわら》の日野の渡し場に差しかかったころ、夜が明けた。

渡し場には舟を待つ旅人がいて、それらを目当てに茶店が開いていた。一番舟には少しばかり間がありそうだ。

四郎兵衛らも一軒の茶店に陣取り、多摩川の朝靄が漂う光景を見ながら茶を喫《きっ》した。

幹次郎はそのときどこからか視線を感じた。さりげなく辺りを見回した。渡し場の河原には背に荷を負った行商人、夫婦連れの旅人、向こう岸に渡る土地の百姓など十数人がいたが、なにか危害を加えようという者はいないように見受けられた。

（考えすぎか）

一行が渡しを待ちながら、草鞋の紐を締め直している間にも続々と客が詰めかけてきた。

その中には旅の渡世人や浪々の武芸者、さらには江戸から所領地に戻る武家の主従もいた。

「舟が出るぞ！」

船頭の声が河原に響き、客らが茶店から立ち上がった。風太が渡し場へと走り、渡し賃ひとり十三文をまとめて払い、順番を取った。四郎兵衛一行は二番舟で日野宿へと渡ることができた。

「神守様、今日は小仏峠《こぼとけとうげ》越えがございます。差し当たって府中から八里（約三十一・四キロ）ほど先の小原《おばら》宿辺りが二晩目の宿にございましょうかな」

舟中で四郎兵衛が言い出した。

「八王子《はちおうじ》宿で山駕籠を雇いますか」

幹次郎はふたりの年寄りの足を心配した。

「神守様、私は元気ですぞ、峠のひとつや二つ」

「新角楼さん、無理は禁物、明後日にも笹子《ささご》峠が待ち受けておりますでな。われらふたりは足と相談しいしい参りましょう」

渡し場から日野宿まで半里（約二キロ）ほどだ。休むことなく高倉新田《たかくらしんでん》、大和田《おおわだ》を過ぎ、浅川《あさかわ》を渡ればおよそ一里二十七丁（約六・九キロ）先の八王子、またの名を横山《よこやま》宿へ到着した。

幕府の直轄《ちょっかつ》領八王子は、八王子横山十五宿と呼ばれ、甲州道中と鎌倉《かまくら》街道が交わる要衝《ようしょう》、また古くから機織物《はたおりもの》の産地として江戸に知られていた。

宿の西には江戸の西の護《まも》りを固める八王子千人同心の宿営があった。

武田《たけだ》氏の遺臣を中心に組織された千人同心は、徳川幕政の中でも変わった存在で、ふだんは農耕に従事しつつ、日ごろから武芸の鍛錬に励み、一旦事が起きると幕府直属の郷士団として働いた。

一行は十五宿の賑わいを見物しながら、散田《さんだ》、原宿、廿里《とどり》、上椚田《かみくぬぎだ》を過ぎた辺りの裏高尾《うらたかお》下で昼餉を食することにした。

小仏峠越えを前にして裏高尾下には旅人を相手にした一膳めし屋や蕎麦屋が店を開き、駕籠や馬も待機していた。

高尾山山腹には天平十六年（七四四）に行基《ぎようき》が開創した名刹《めいさつ》、新義真言宗智山派薬王院有喜寺《さんはやくおういんゆうきじ》があり、多くの信徒を集めていた。また高尾山自体が修験道《しゆげんどう》の山として知られてもいた。

腹拵えを終えた四郎兵衛と助左衛門に幹次郎が、

「駕籠を雇いますか」

と訊いた。

「いえ、夏木立を愛《め》でながら行きたいもので」

四郎兵衛が断った。

五人は徒歩《かち》で駒木野《こまぎの》の小仏関所に向かった。

元和《げんな》二年（一六一六）、関所が今の場所に移され、甲斐国《かいのくに》を睨む防衛線として機能した。上りは男女ともに手形が要ったが、下りは見せる要もない。軽く頭を下げて一行は難なく関所を通過した。

　幹次郎は峠に差しかかり、前後を二組の渡世人に挟まれたことを悟った。三度《さんど》笠《がさ》に道中合羽《がっぱ》を肩にかけ、長脇差を腰に落としていた。

「四郎兵衛様、ちと尋ねます」

「なにかな」

　後ろから声をかけられ、四郎兵衛が菅笠の顔を振り向かせた。

「昨夕、六所宮にお参りしたとき、すれ違った大男を覚えておられますか」

「飯盛旅籠の主風の男かな」

　と訊き返した四郎兵衛が、

「ああっ、奉公人に銭箱と酒樽を担がせておりましたな」

「その者です、見覚えはございませんか」

「さてな」

　と首を捻った。幹次郎は助左衛門に同じことを訊いた。

「私はうっかりしてその男を見ておりません」

「神守様、なんぞございますので」

「それがしの早とちりかもしれませんが前後を挟まれている気がしております」

振り向こうとするふたりの動きを幹次郎が止めた。

「私どもが狙いとすれば、昨日のあの男の目つきが気になりましてな」

四郎兵衛がなにかを思い出すかのように考え込んだが、

「やはり見覚えがございませぬ」

と首を横に振った。

関所から谷間の山道を登り、荒井《あらい》、摺指《するさし》、小仏と集落を経て峠に至る。

峠にはむさしやという名の茶店が商いをしていた。

「ちと休みましょうかな」

四郎兵衛の言葉に一行は峠で汗だくの胸元に風を入れることにした。前後の渡世人はいつの間にか、姿を消していた。

茶店の縁台に座り、熱い茶を喫すと見る見る汗が引いていく。

この峠を境に武蔵国から相模国《さがみのくに》へと入る。

「神守様、ちと気を回しすぎましたぞ」

と助左衛門が言うのに幹次郎も四郎兵衛も黙って頷いた。

「新角楼さん、やはり今宵の宿は小原ですね」

「七代目、峠からどれほどございますな」

「一里と二十二丁（約六・三キロ）、下り道ゆえまあ、七つ前には着きましょう」

「正直言って足を心配しておりました。今日、歩き通したことで自信がつきましたよ」

助左衛門が本音を漏らした。

「いや、それは私とて一緒です」

四郎兵衛も応じ、幹次郎が、

「四郎兵衛様、助左衛門様、山道は上りより下りで足を痛めやすうございます。ご注意なされてください」

「ならば杖をしっかりとついていきましょうかな」

幹次郎は休んだ間に背に負っていた愛用の木刀を解いて袋から出し、手に提げた。その行動を四郎兵衛が黙って見た。

「おや、神守様も木刀を杖代わりになされますかな」

助左衛門はあくまで屈託がない。

示現流の木刀は刀身二尺五寸三分（約七十七センチ）、柄八寸三分（約二十五センチ）、総長三尺三寸六分（約一メートル）と決められ、その長さは杖と見えないこともない。

「さて参りましょうか」

宗吉が茶代を支払い、一行は立ち上がった。

中ノ茶屋を過ぎ、中峠の辺りで、

「あいたっ」

と助左衛門が足を捻った。

幹次郎は手近の岩に腰を下ろさせ、捻った左足首を調べた。いつもは使わない足がやはり耐え切れなかったとみえて、筋を痛めていた。

草鞋を脱がせるとぷっくりと腫《は》れてきた。

「えらいことをやってしまいました」

としょげる助左衛門に、風太が背の荷から捻挫《ねんざ》の練り薬を出してたっぷり塗り込み、紙を当て、手拭いを裂いて患部を固めた。

「草鞋が履けますか」

「履いてみます」

幹次郎が草鞋を履かせ、紐を結んだ。

「お武家にこのようなことまでさせて申し訳ない」

と日ごろは威張っている妓楼の主が気弱な声を出した。

「日も高い。ゆっくり小原宿まで下りましょうかな」

「四郎兵衛さん、明日からどうしよう」

「なあに、馬か駕籠を雇えばいいことです」

「窮屈な駕籠より馬がよいな」

助左衛門はほっとした。

一行はふたたびこの日最後の行程をそろりそろりと下り始めた。

急に街道から人影が消えた。旅人はそろそろ旅籠に入る頃合だった。

幹次郎はふたたび前後を挟まれたのを感じた。

助左衛門の足の運びに合わせて休み休み、峠を下る。主の危難に風太も心配げだ。ぴったりと寄り添っていた。

谷川のせせらぎが大きく響くようになり、街道が大きく曲がって林の向こうに消えていた。谷川を望む道が少しばかり広くなり、野地蔵が旅人の道中安全を見つめていた。

幹次郎は三度笠に道中合羽の渡世人がひとり待ち受けているのに目を留めた。

「ほう、やはり出ましたか」

と四郎兵衛が平然とした声を漏らした。

「出たとはなんですな、七代目」

助左衛門は足元ばかりを見つめ、行く手の待ち人に気づいていない。

「この辺りは小栗判官《おぐりはんがん》の照手姫《てるてひめ》とか、紺屋高尾《こうやたかお》の生まれ在所ですよ。出るなれば美形の女がいいものを、無粋な男が出おりました」

助左衛門もようやく渡世人に目を留めた。

「独りでわれらを襲おうという算段ですかな」

助左衛門が呟いたとき、背後の峠道に乱れた足音が響いて、旅姿のやくざ者が五、六人、姿を見せた。

「ありゃ、これはなんということで」

助左衛門が驚き、宗吉と風太が腰に差した道中差《どうちゅうざし》の柄に手をかけた。

「宗吉、風太、手出しはならぬ」

幹次郎が止めた。

一行は後ろから押されるように野地蔵の傍らに立つ渡世人へと近づいていった。道を塞ぐ相手に四郎兵衛が問いかけた。

「なんぞ、私どもに用事ですかな」

三度笠の渡世人は三十七、八か。斬った張ったの泥水にたっぷり浸かった貫禄を身につけていた。

「おまえさん、江戸は吉原の会所の頭取、四郎兵衛様だな」

「いかにも私は七代目の四郎兵衛です。信濃国に亡くなった遣手の遺髪を納めに行く道中です」

「仏心《ほとけごころ》を吉原の旦那衆が出したとは殊勝の至り」

「おまえさん、どなたかな」

「八王子横山宿で一家を構える油屋の五郎蔵《ごろぞう》というけちな野郎さ」

「その五郎蔵さんがなんの用事だねえ」

「おれには曰くはねえ、日ごろから世話になる旦那の頼みだ。おまえさんの手足を一、二本叩き折ってくれとのな」

「旦那とはどなたかな」

「四郎兵衛、渡世で飯を食う野郎がべらべら話せるものか」

幹次郎は助左衛門らを街道の山際に寄せ、

「四郎兵衛様、あとはそれがしが応対します」

「話を聞けば悪い方でもなさそうだ」

四郎兵衛を背後に回した幹次郎は、

「五郎蔵、そなたが渡世人の務めを果たすように吉原会所裏同心のそれがしにも仕事があってな。吉原の旦那ふたりを信濃国までお連れして、無事に江戸までお戻しする約定でな」

「代わりに相手なさると申されるか」

「そういうことだ」

五郎蔵が子分たちに合図をした。

一斉に長脇差を抜き連ねて、幹次郎を半円に囲んだ。

峠道から荷駄《にだ》を積んだ馬が下りてきて、騒ぎに足を止めた。

幹次郎はすでに手にしていた木刀を胸前に立てた。だが、やくざ相手に示現流を遣う気はない。

すいっ
と半歩前に出ると木刀を脇構えに流した。

その動作に誘われるように子分たちが、

「野郎！」

「死にやがれ！」

とばかりに長脇差を振り翳《かざ》して襲いかかった。

幹次郎がさらに踏み込み、木刀が眼志流の技をなぞって軽く振るわれた。それでも木刀に叩かれた長脇差がへし折られ、飛ばされ、さらには肩口やら脇腹を叩かれて子分たちが街道に転がった。

一瞬の早業は旋風《せんぷう》が吹き抜けたようだった。

助左衛門などは呆然としていた。

野地蔵の傍らから五郎蔵が出てきたが、

「こいつはしくじった、おまえ様方を甘くみすぎたようだ。出直そう」

と言葉を残すと、

「野郎ども、立ち上がれ。いつまで地べたに這いつくばってやがるんだ！」

と叱咤《しった》した。

幹次郎が六、七分の力でしか打撃を与えていないこともあって、子分たちはよろよろと立ち上がり、峠道へと消えた。

「五郎蔵さん、そなたの雇い主に言《こと》づけしてくだされ。四郎兵衛は逃げも隠れもせぬとな」

頷いた五郎蔵が、

「また会いましょうぜ」

という言葉を残して、子分たちの後を追った。

三

騒ぎを見物していた馬子《まご》の馬に助左衛門を乗せて小原宿へと下った。

「神守様の腕前、たしかに見届けました。四郎兵衛様が頼りになさるはずだ」

馬の背から言う助左衛門に首肯した四郎兵衛が、

「私が狙いというのは分かったが、はてなんで狙われるのかが分からぬ」

と首を捻った。

「旦那、油屋の五郎蔵さんは渡世人の中でも阿漕な人ではございませんぜ」

と馬子が言い出した。

「まあ、今の様子を見れば察しもつく」

と答えたが不快そうな表情だ。

「七代目、私どもはたしかに世間様に好かれる商いではございませんよ。いつの間にかなにやら分からぬ内に嫌われておる。それを一々気にかけていては妓楼の主も会所頭取も務まりませぬ。ともかくさ、なぜ七代目と忘八と呼ばれる私が道中をしているか、思い出されることです」

遺手のおしまの遺言を実行するために妓楼の主と会所の七代目自ら旅をしている意味を考えろと助左衛門は言っていた。

「いかにもさようさよう」

と答えた四郎兵衛がいつもの顔に戻った。

この日、小原宿の小松屋《こまつや》に一行は投宿《とうしゅく》した。

幹次郎は四郎兵衛と相談し、助左衛門を乗せてきた馬子に、もう一頭を連れて、明朝、旅籠に来てもらうことにした。助左衛門と四郎兵衛のふたりを馬に乗せて進もうと考えてのことだ。

「あいよ、七つに戻ってきますぞ」

と空馬《からうま》と馬子が小松屋から去り、四郎兵衛が、

「三日目にして馬の背ですか」

と慨嘆《がいたん》した。

「道中は長《なご》うございます」

「いかにも」

四郎兵衛は旅籠へと入り、幹次郎は小松屋の脇を山からの清水が流れているの

に目に留め、そこで足を濯ぐことにした。

草鞋と足袋を脱いで足を清水に浸すと、火照《ほて》った足が気持ちよい。

幹次郎は馬子がふたり加われば、四郎兵衛を狙う府中宿で出会った男らも早々に行動し難かろうと考えていた。

四郎兵衛の世話を終えた宗吉が姿を見せて、幹次郎を真似た。

「こいつは気持ちがいいや」

「助左衛門様の足はどうかな」

「今、旅籠の番頭と風太さんが練り薬を塗って腫れと熱を取る治療をしていますよ。当分、馬での道中になりましょうか」

「旅は始まったばかり、無理はせぬことだ」

頷いた宗吉が、心配そうに訊いた。

「神守様、大旦那を狙う男、またなにか仕掛けてきましょうか」

「宗吉、その心積もりで道中を続けようぞ」

「神守様、私がすべきことを教えてください」

「四郎兵衛様の傍らを離れぬこと、それだけでよい」

はい、と宗吉が気を引き締めた。

翌朝、七つには馬子が空馬を引いて小松屋に姿を見せた。

ふたりの旦那は馬の背に揺られての旅だ。

助左衛門も四郎兵衛も馬上の道行きだと知ってなんとなくほっとしていた。

まだ薄暗い甲州道中を与瀬《よせ》から吉野《よしの》へと向かう。その道中、勝瀬《かつせ》で川渡りをすることになる。

「神守様、差し当たって江戸から二十三里（約九十キロ）ほどの猿橋《さるはし》宿が本日の泊まりですかな。笹子峠手前の花咲《はなさき》宿まで辿りつけば万々歳ですがな」

四郎兵衛は旅籠に着くと『五街道道中細見』に目を落としては次の日の旅路の研究に余念がない。

「なんにしましても笹子峠越えは明日ですな」

「いかにもさようです」

この日も天気は晴れて、道中日和だ。

吉野、関野《せきの》を過ぎ、甲斐国に入った。上野原《うえのはら》、鶴川《つるかわ》、野田尻《のたじり》、犬目《いぬめ》とふたりを馬の背に託《たく》した道中は順調に進み、犬目で昼餉を摂った。

「神守様、この分なれば猿橋を越えて、大月《おおつき》か花咲宿まで通せそうですよ」

馬子と相談していた四郎兵衛が言う。

六所宮で会った男に雇われた連中の影がないことが四郎兵衛をいつもの明朗闊達《めいろうかったつ》な七代目にしていた。

昼下がり、桂川《かつらがわ》に架かる名物の橋、猿橋に差しかかった。

桂川は富士山が噴火して落ちた溶岩流を浸食した渓谷《けいこく》の流れで、切り立って崖が険《けわ》しい。

この谷に初めて橋を架けたのは百済《くだら》の渡来人《とらいじん》であったとか。橋脚《きょうきゃく》の代わりに両岸から刎木《はねぎ》を出して互いに支え、その上に橋桁《はしげた》を載せた世にも珍しい建築工法の橋だった。

「ほう、奇妙な橋があったもんだ」

馬の上から助左衛門が嘆声《たんせい》を上げ、

「やはり旅に出ると物知りになりますぞ」

と四郎兵衛に声をかけた。

捻挫をしたせいで馬での道中になり、助左衛門はほっとしていた。

ともあれ、通し馬で旅してきたせいで花咲宿に到着することができた。

宿は造り酒屋を兼ねた旅籠、星野家《ほしのや》だ。

部屋に上がり、しばらくして、番頭が宿帳を持参して挨拶に来た。

助左衛門は下の帳場で捻挫の治療をしていた。まず部屋に落ち着いたのは四郎兵衛と幹次郎のふたりだった。

「吉原会所の頭取様ご一行でしたか」

「いかにも私が会所を預かる四郎兵衛ですが」

下で助左衛門に聞いたかと四郎兵衛が顔を向けると、

「書状にございます」

と番頭が結び文を差し出した。

「私に文が」

四郎兵衛が幹次郎の顔を見て、文を受け取り、披くとすぐに読んだ。しばし思案の体《てい》で文を手にしていたが、なにも言わず幹次郎に渡した。そこには短く、

「山口巴屋精太郎《せいたろう》、明和九年二月二十九日」

とだけあった。

四郎兵衛が宿帳を記すと番頭に、

「文を届けたのはどなたですかな」

「道中合羽に三度笠の渡世人でしたな。この界隈の人ではありますまい、見知らぬ若い方でした」

「吉原会所の頭取と名指ししたのですな」

「はい。なんぞご不審ですか」

「いや、ちょいとな」

と曖昧な返答に番頭が頷き、部屋を去った。

「今日は静かと思うたが相手も執念《しゅうねん》を見せますな」

「心当たりがございますか」

「十五年も前、会所は六代目の時代にございました」

「山口巴屋精太郎様とは四郎兵衛様のご本名ですな」

いかにも、と答えた四郎兵衛が考えを纏めるように煙草盆を引き寄せ、煙管に刻み煙草を詰めて火を点け、一服すると沈思《ちんし》した。

ふうっ
と紫煙《しえん》を吐き出した四郎兵衛が、

「神守様、明和九年（一七七二）二月二十九日と聞いてなんぞ思い出されますか」

「それがし、豊後岡藩におりました。世の中の動きには疎《うと》い田舎者でした」

幹次郎が汀女を連れて岡藩を逐電するのは四年後の安永《あんえい》五年（一七七六）のこ

とだった。

「この日付のある日の昼ごろ、目黒《めぐろ》の行人坂《ぎょうにんざか》から出火した火事で江戸の大半が焼尽《しょうじん》しました。明暦《めいれき》の大火以来の大火事でしてな、死者は一万五千人余、行方不明が四千人以上に上りました」

幹次郎は四郎兵衛に説明されて、江戸から伝わった大火事の知らせに城下が大騒ぎになったことを思い出していた。

この目黒行人坂からの出火で多くの大名屋敷が焼け、岡藩も屋敷を焼失する被害に遭っていた。

「この折り、吉原も焼失して仮宅《かりたく》商いが三百余日にもわたり、続きました」

火事で焼け出された際、吉原の妓楼が特別に許されて市中で仮の商いをすることを、仮宅商いという。

「四郎兵衛様、府中の六所宮で出会った男、どうやらこの火事の折りに精太郎様時代の四郎兵衛様と縁があったと思えます」

「そこです、さっきから考えておるのですが」

と四郎兵衛が答えたところに新角楼の助左衛門が捻挫の治療を終えて座敷に姿を見せた。若いふたりは明日の草鞋などを用意したりして表口に残っていた。

「足の具合はどうですかな」

「一日二日もすればまた自分の足で歩けます」

助左衛門が治療した足首を見せた。

「大事なくてようございました」

四郎兵衛が応じ、新角楼さん、知恵を借りたいと、幹次郎の手にある文を助左衛門に渡し、文が届けられた事情を四郎兵衛が告げた。

「なんと十五年も前の目黒行人坂の大火に関わりがございましたか。七代目がすぐに思い当たらぬはずです」

と答えた助左衛門が、

「その様子では思い出されることがないようですな」

「助左衛門さん、私らが知るかぎり吉原が焼失するほどの大火事はあとにも先にもあの火事だけですよ。女郎も男衆も客も大勢死んだ。思い出すのも無残な光景でしたな」

「いかにもさようでした」

ふたりはしばし十五年前の災禍《さいか》を追憶《ついおく》し、黙り込んだ。

「四郎兵衛さん、あのような大火事の陰には栄枯盛衰《えいこせいすい》がつき物です。うちはまだ小見世でした。だが、あの火事で焼け出されたせいで今戸町に仮宅を設けて、荒稼ぎした。吉原に戻ってきたとき、今の角町に大籬の見世を再建できた。だが、仮宅営業がうまくいかず、吉原に戻ることのできなかった大籬、半籬は結構な数ございましたな」

「火事前には全盛を誇った歌仙楼《かせんろう》、扇家《おうぎや》など、十数軒に上りましたか」

「そんな最中に四郎兵衛様が七代目に就かれたのでしたな」

「六代目はもうお年であった。吉原を力技で再建するにはちょいと年を食っておられた。そこで三十七歳の私が七代目に就任しました」

「七代目、その折り、七代目が気づかずとも、恨みを感じた男がいたのではございませんかな」

四郎兵衛がふたたび沈思した。

「あの一年は百年分の仕事をした気が致します。日々忙しさに紛れるうちになんぞ恨みを持たせてしまったか」

「妓楼の女郎、男衆、茶屋、仕出し屋、女衒、幇間《ほうかん》、出入りの商人、四郎兵衛様が接した者は数知れず、だれに恨みを残したか。こりゃあ、判じ物だ」

ふたりがいくら頭を捻ってもこれという人物に思い当たらぬ様子だった。

「四郎兵衛様、助左衛門様、どうやら相手は小出しに正体を見せるつもりのようでございます。芝居でも見物するつもりで気楽に構えましょうか」

幹次郎が提案し、ふたりが頷いた。

「おふたりしてまず湯に入ってこられませぬか」

「神守様、私は今晩は湯は遠慮します。まだ足首に熱が残っていますでな。四郎兵衛様と神守様が入ってこられませ」

と助左衛門の勧めでふたりは湯殿《ゆどの》に行った。

湯船には武家がひとり、瞑想《めいそう》して湯に浸かっていた。

「お武家様、相湯を願います」

四郎兵衛が声をかけ、武家がうっすらと目を開いて小さく頷いた。

幹次郎は四郎兵衛の背に回り、湯をかけると旅の汗を流した。

「神守様、相すまぬことです」

「なんのことがございましょう」

幹次郎は自ら湯を被り、湯船に身を沈めようとした。するとゆらりと湯から立ち上がった先客の武家が洗い場に上がった。

その体は鋼鉄のような筋肉に覆われ、刀傷、槍傷と思《おぼ》しき痕が体じゅうに残っていた。

旅の武芸者は名のある剣客と思えた。

四郎兵衛も鍛え上げられた体を見て、驚きの表情で見送った。

「旅に出るといろいろなお方に会いますな。剣の奥義を窮《きわ》めんと旅をなされるお方とお見受けしました」

幹次郎は頷いた。

「明日には甲州道中最大の難所の笹子峠越えです」

「出るとしたら明日でしょうか」

「まずは覚悟しておいたほうがいい」

「やはり思い出されませぬか」

「助左衛門様も申されたが十五年前の江戸焼尽で吉原も浮き沈みがございました。私が恨みを買ったとしたら、どうやら六代目の差配の下で吉原の再建に走り回っていたころのことでしょう。吉原に戻りたくとも戻れない者が大勢いました。その選択をなすのは吉原会所の仕事にございます。例えば仲之町に見世を構えたい引手茶屋は何十軒もございました。だが、その半分は望みを叶えることはできません。外された方々が私に恨みを残したとしても、そのときの私には気づく余裕がございませんでした。なにしろ吉原を一年で再建せねばならない大仕事ですからな」

その手腕があったればこそ引手茶屋の主の精太郎は吉原の治安と自治を仕切る会所の七代目に推《お》されたのだ。

「出ようともしないお化けをあれこれ申しても致し方ございませぬ」

「いかにもさよう」

「四郎兵衛様、背中を流しましょうかな」

ふたりは湯船から洗い場に上がった。

翌朝、ふたたび馬二頭を連ねての道中になった。だが、今日の馬子と馬は昨日までとは違って、花咲宿で雇ったものだ。

初狩《はつかり》、白野《しらの》、阿弥陀海道《あみだかいどう》と過ぎてこれから笹子峠に差しかかる。夜も明けて黒《くろ》野田《のだ》外れの茶店で一行はしばし休憩を取った。

標高三千六百余尺（約千九十六メートル）の笹子峠は江戸日本橋《にほんばし》から信濃の下《しも》諏訪《すわ》まで五十三里二十四丁（約二百十一キロ）の甲州道中における最大の難所だ。茶店の前を小川が流れていた。

百日紅《さるすべり》が桃色の花を咲かせて、その周りを蜜蜂《みつばち》が舞い飛んでいる。

この日はむしむしする陽気で汗を掻いた。馬上でも汗を流す助左衛門のために風太が手拭いを小川に濡らしに行った。

「四郎兵衛様、甲斐国も半ばまで来ましたな」

「そう、甲斐八珍果《はっちんか》の勝沼《かつぬま》もすぐですぞ」

助左衛門の問いに物知りの四郎兵衛が即答した。

幹次郎は甲斐八珍果の意味が分からず、訝しい顔を四郎兵衛に向けた。

「正徳《しょうとく》年間（一七一一〜一六）にはもうすでに勝沼近郊では葡萄《ぶどう》の植えつけが行われておりましてな、その他にも桃、梨、柿、林檎《りんご》など多くの水菓子を産する土地として江戸にも知られております」

「珍果とは水菓子のことですか」

「いかにも水菓子です」

風太が訝しい顔で戻ってきた。手には濡れ手拭いとなぜか古びた拍子木《ひょうしぎ》をぶら提げていた。

「風太、どうしたえ、その拍子木は」

「旦那様、村の子供が吉原の旦那に渡してくれと」

風太が拍子木を差し出した。

「その子供は拍子木を私らに渡せとだれかに頼まれたか」

四郎兵衛が訊き、拍子木を受け取った。

「問い質しましたところ、旅人さんに小遣いをもらって言づかったそうです」

四郎兵衛が年季の入った拍子木を仔細に調べていたが、

「分かりました」

と叫んだ。

「助左衛門さん、揚屋町に半籬の喜泉楼《きせんろう》があったのを覚えておられるか」

「覚えてますとも。主は年寄りの喜八《きはち》と古女房のお咲《さき》夫婦、この楼は岡場所で捕まった隠し売女《ばいた》を多く抱える見世でしたな、万事に安直だというので銭のない客で流行《はや》っていました」

四郎兵衛が頷き、拍子木を幹次郎に見せた。紐で結ばれた拍子木には、

「揚屋町喜泉楼」

と墨書《すみがき》されていたが薄れかけていた。

拍子木は二階廻しの男衆が時鐘代わりに打ち鳴らす道具、いわば妓楼の象徴だ。

「神守様、吉原は御免色里、幕府《おかみ》が江戸でただ一箇所お許しになられた官許の遊

里です。なにごとにも格式を重んじ、見栄と張りの遊里として諸々の習わしと特権がございました。それだけに万事お手軽な岡場所がよいという客もいて、それが流行る。官許の吉原としては許すことはできません。幕府に取り締まりを願い、お縄になった隠し売女のうち、若くて器量のよい者は吉原が引き取る。そんな女の引き取り手となる見世の一軒が喜泉楼でした」

四郎兵衛の説明に助左衛門が頷き、言った。

「銭のない客には評判がよかったが、吉原の仲間内では喜泉楼は飯盛宿などと蔑《さげす》まれておりましたな」

「まあ、遊里の中で仲間がなにを思おうと喜泉楼が吉原の仕来たりに反しなければ、会所も口出しはできない。そんな折り、目黒行人坂から出た火事が江戸じゅうを焼き、吉原を炎上させ、仮宅住まいに追いやった。喜泉楼は深川に仮宅を構えたのだが、一年後に吉原には戻れなかった。六代目が許しを与えなかったからです」

「それはまたなぜです」

「喜泉楼は仮宅になったのをいいことに女郎たちを死ぬまで客を取らせるような阿漕な働かせ方をした。女郎が死ねば岡場所からいくらでも隠し売女を補充してきた。そんな仕打ちに耐え切れず、仮宅に女郎たちが火つけをする騒ぎを起こした。この騒ぎは喜泉楼の喜八が土地の御用聞きに金を摑ませ、うやむやのうちに揉み消した。そんな悪評は会所に当然伝わります。吉原が再開されたとき、喜泉楼を新しい吉原に受け入れるかどうか、問題になりました」

「七代目、たしか仮宅に移る前までいた女郎たちの多くが病に倒れ、亡くなる者もいて、女郎は大半が岡場所の女に代わっていたんでしたな」

「助左衛門さん、その通りです。そこで町名主がたの総意を得て、会所は喜泉楼が吉原の格式を貶《おとし》める楼として再建された吉原に戻ることは認めぬと通告した」

「通告なされたのは七代目でしたか」

「六代目の命でまだ七代目に就任前の私が吉原の総意を伝えました」

「その折り、喜八はなにか申しましたか」

「物凄《ものすご》い形相《ぎょうそう》で私を睨み、吉原が喜泉楼を受け入れぬならば生涯敵とみなす、覚悟せよと申されました」

「十五年前、喜八はもう六十に近かったはずだ」

「助左衛門さん、喜八とお咲の間にやくざ者の倅がおりませんでしたかな」

「七代目、小悪党で始終お上の世話になっていた男でしたな、名をなんといったか」

「馬之助《うまのすけ》、首が長くてひょろりとしているので悪仲間には馬の首と呼ばれてましたよ」

「そうそう、馬の首だ」

「痩せていた馬の首がでっぷりと太ったとしたら、六所宮で会った男に似ていませんかな」

「私はよく見てませんからな」

「いえ、間違いなくあやつは馬の首です」

四郎兵衛が言い切った。

「でなければ喜泉楼の拍子木なんぞを私に届けるはずもない」

「さてさて、四郎兵衛様は吉原会所の沙汰を伝えただけで十五年後にかような目に遭いなさるか」

恐ろしげに助左衛門がこれから登る峠を振り仰いだ。

神守幹次郎の脳裏にふと一句浮かんだ。

百日紅　燃える笹子に　舞う雄蜂《おばち》

四

いよいよ一行は笹子峠越えへと出立した。

笹子川を渡り、まず追分に出た。甲斐の石和《いさわ》から来た道がこの山中で分岐した。南西に下る道は小田原《おだわら》・沼津《ぬまづ》道と呼ばれた。

「笹子山、或《ある》ひは篠籠《ささご》嶺と作《か》き、また坂東山《ばんどうやま》とも称《とな》ふ。駒飼駅《こまかいえき》の東南に当たり、八代《やつしろ》・都留《つる》二郡の界にて烽火台《ほうくわだい》の跡あり。北は大菩薩嶺《だいぼさつれい》より初鹿野山《はじかのやま》、南は黒駒《くろこま》山、御坂《みさか》嶺、片山に連接たる一脉《いちみやく》の大山なり」

と古き道中記は記す。

石畳に馬の蹄《ひづめ》がかっかっと鳴っていたが狭く急峻《きゆうしゆん》になって、四郎兵衛も助左衛門も馬の背に必死にしがみついていた。

幹次郎は木刀を手に二頭の先を歩き、ふたりの若い衆が道中差の柄に手をかけて、後尾《こうび》を固めた。

いくら幹次郎が主の傍らを離れるなと注文をつけようと、馬の横にはとても並んで歩けない。

中ノ茶屋を過ぎて、笹子川の流れが左手へと移った。

行く手に杉の古木《こぼく》が見えてきた。

「ほう、これが矢立《やたて》の杉ですか」

という四郎兵衛の呟きに馬方が、

「いかにも矢立の杉だ」

と答えていた。四郎兵衛の呟きは持参の道中絵図からの知識らしい。

「絶頂より下ること十丁（約一キロ）許《ばかり》にして、囲二丈五尺（約七・六メートル）許の古杉あり。箭立杉《やたてすぎ》と呼ぶ」

その昔、戦に出る兵士がこの杉に向かって矢を射込み、富士浅間《せんげん》神社に武運を祈ったことからその名がついたという。

黒野田方面から笹子峠の頂まで一里十五丁（約五・六キロ）、下りは二十一丁（約二・三キロ）といわれた。

坂道一里十五丁を休み休み、一刻半をかけて上り切った。

幹次郎は頂を感じて、気を引き締めた。だが、頂にある甘酒《あまざけ》茶屋の暖簾が風に吹かれているのが見えても、馬の首こと馬之助一味が待ち伏せしている気配はなかった。

「四郎兵衛さん、なんだか気だけ揉ませておいて出ませせぬな」

「狐狸妖怪《こりようかい》の類は出ぬにこしたことはありませんよ、助左衛門さん」

「いかにもさよう」

ふたりは馬を止めさせ、名物の甘酒を飲むつもりのようだ。

馬も一里（約三・九キロ）以上、急坂を登ってきて汗を掻いていた。

幹次郎は辺りを窺い、ふたりの旦那を縁台に座らせた。

幹次郎の喉に甘酒が染みて、風が汗を掻いた顔をなぶり、生き返る思いだった。

風太が茶屋の傍らの谷水に手拭いを濡らしに行った。主の助左衛門のためにだ。

しかし、一行が甘酒を喫し終え、茶代を支払っても風太が戻ってくる気配はなかった。

宗吉が見てくるというのを止めた幹次郎は、茶屋の脇に回ってみた。すると風太の道中差が抜身になって落ちていた。

幹次郎は辺りに風太を探して歩いたが姿はない。忽然《こつぜん》と姿を消していた。抜身が残されたということは、異変が起きたということだ。

幹次郎は抜身を持つと四郎兵衛らのところに引き返した。

四郎兵衛が幹次郎の手にした抜身を見て、

「どうなされたか」

と訊いた。

「馬之助め、われらの不安を増すためか、人数を少しずつ減らすつもりか、風太をさらっていったようです」

ひえっ
と助左衛門が悲鳴を上げた。

「狙いは私です。新角楼さん、ご心配あるな」

四郎兵衛が肚を括ったように馬の背に戻った。

「風太を殺す気なればあの場で殺していましょう。連れていったということは生きていることの証しです」

「それはそうでしょうけど」

と急に助左衛門は気弱になった。

幹次郎と宗吉は、風太の荷を助左衛門の馬の鞍《くら》に提げ、助左衛門を馬上に押し上げた。

「宗吉、次はそなたが狙いかもしれぬ。一行から離れるでないぞ」

「畏まりました」

宗吉が緊張した顔で答えた。だが、怯《おび》えた様子はなかった。

幹次郎は自ら気合いを入れた。

「よし」

馬子たちも気を引き締めて駒飼宿への下り坂にかかる。

「神守様、馬之助め、われらを生殺しのように苦しめようという算段ですかな」

「馬之助がただ今どこで暮らしているかによりましょうな。私どもと会ったのは府中六所宮、あのとき、旅姿ではございませんでした。銭箱と酒樽を連れに持たせて、恰好はあの近在から出向いてきた様子でした。府中から遠くに離れれば離れるほど仕掛けは難しくなりましょう。私は駒飼宿に着く前になにか兆候《ちょうこう》があろうと思いますがな」

と幹次郎が答えたとき、馬上の四郎兵衛が、

「いかにも待ち人ですぞ」

と声を上げた。

笹子峠と駒飼宿のちょうど道半ば、左手には滔々《とうとう》と谷川の瀬音《せおと》が響いていた。下り道がそこだけ右手の山側に消える手前、風太が路傍《ろぼう》の木に縛られていた。

その傍らには油屋の五郎蔵と子分たちが立っていた。

今日は最初から喧嘩仕度で、荒縄を襷にかけ、着物の裾は後ろ帯に絡《から》げて、股《もも》引《ひき》姿、草鞋掛けだ。手に竹槍を持つ子分もいた。

だが、五郎蔵だけは夏羽織を着て涼しげな顔立ちだ。

「油屋の五郎蔵さんと名乗られましたな。土地の馬子に訊けば、おまえさんは土地では評判の俠客《きょうかく》という。馬之助とどのような関わりがあるか知らぬが、こたびのこと、おまえさんの生き方に反しませぬか」

四郎兵衛が馬上から問うた。

苦笑いした五郎蔵が、

「七代目、義理人情より銭のしがらみが強いのがこの世でございますよ。借りを返せと命じられれば、命を張るのが渡世人の弱いところだ」

「五郎蔵さん、たしかにおまえさんは馬鹿正直だ」

とこちらも笑って答えた四郎兵衛が、

「元吉原妓楼喜泉楼の倅、馬之助、姿を見せぬか。馬の首と呼ばれたころから、おまえは他人に手を汚させて自分はのうのうとしている小悪党だったな」

と叫んだ。

峠道に沈黙が続いた。

風と水音だけが響いていた。

「関わりのない風太を人質にするなど油屋の五郎蔵親分を困らせるものではありませんぞ」

四郎兵衛がさらに山陰に向かって叫ぶと、峠の下り道から数人が姿を見せた。

腰に派手な拵えの長脇差を差し落とした男の顔は、たしかに府中宿六所宮で会ったのと同じだった。そして、馬之助の周りを四人の浪人者が固めていた。

四郎兵衛が馬から下りた。

「馬之助、おまえさんに恨みつらみを持たれる謂《いわ》れはございませんよ。十五年前、目黒行人坂から出火した火事で吉原が焼失し、おまえのお父つぁんも吉原を出て、深川に仮宅を出しなすった。一年後、吉原に戻ってこられなかったのは、仮宅で女郎らを阿漕に働かせ、追い詰められた女郎たちに火つけ騒ぎまで起こさせる外《げ》道《どう》商いをしたからだ」

「五月蠅《うるせ》え、四郎兵衛！　親父とお袋は吉原の大籬の主と女将になるのが夢だったんだよ。そいつを七代目のおめえが邪魔をした。親父とお袋は吉原を追われ、四宿《ししゅく》をうろついたあと、八王子横山宿で飯盛旅籠の商いに落ちぶれた」

「自業自得だな」

と答えたのは馬上の助左衛門だ。

「なにっ！」

「馬之助、私はおまえの親父さんと同じく目黒の火事があった十五年前、吉原の半籬の主でしたよ。仮宅の間にひと稼ぎして花の吉原が再建されたら、せめて五丁町のどこかでまた半籬の見世を持ちたいと願ったのはおまえの親父の喜八さんと一緒だ。だがな、私は女郎を、血反吐《ちへど》を吐くまで働かせませんでした。火事で焼け出された女郎たちと一緒に吉原に戻ろうと必死に働いたんだ。その了見《りょうけん》を踏み違えたのがおまえの親父とお袋さ。義理も人情も忘れ、冷酷非情《れいこくひじょう》に徹するのがわれら忘八と呼ばれる妓楼の主だがねえ、紙一重《かみひとえ》で人間の矜持《きょうじ》を保っているかどうか、それが私の新角楼が吉原に戻れて、おまえの親父の喜泉楼が吉原に弾かれた境目ですよ。まだ七代目にも就いていなさらなかった四郎兵衛様を恨むのは逆恨《さかうら》みも甚《はなは》だしい！」

助左衛門の言葉に馬之助の顔が歪んだ。

「糞っ！」

と叫んだ馬之助の視線が五郎蔵にいった。

「親分、そいつを突き殺してくれ！」

「旦那、抗《あらが》うこともできねえ者を殺す真似はできねえ」

「五郎蔵、おまえさんがうちに泣き言を言ってきたとき、親父はちゃんと用立てたぜ！」

「そいつを言われるとつらいや。だが、この際だ、若旦那に申しておこうか。おれが仲間内の揉めごとで銭を掻き集めなけりゃあならねえ羽目に陥り、おまえ様の親父さんを頼った。五十両を借り受け、なんとか面目《めんもく》が立ったのも事実だ。だが、一年後に元金利息ともども八十両きっちりとお返ししましたぜ」

「金を借りて返すのは当たり前だ」

五郎蔵が苦笑いをした。

「おれも元金利息を返したから事が済んだとは思ってねえ。だからこそ、これまでもおまえさんの頼みを何度も引き受けてきた」

「ならば奴を突き殺せ」

「いくらやくざと呼ばれようと、怪我で動けねえ男を殺せるものか」

五郎蔵がそう言うと風太の傍に歩み寄り、長脇差を抜き放った。

助左衛門が悲鳴を上げた。

五郎蔵の長脇差の切っ先が縄目を切った。

「油屋の五郎蔵、裏切ったな！」

「吉原の旦那衆の話を聞くと道理が通らねえのはおまえさんのようだ」

五郎蔵が風太に旦那のもとへ戻れと言った。だが、風太は切迫した峠道の空気に足を踏み出せないでそのまま立っていた。

「多羅尾《たらお》様！」

馬之助が叫んだ。すると浪人四人の陰からもうひとり武芸者が現われた。

花咲宿の旅籠の湯で幹次郎と四郎兵衛が相湯になった剣客だった。

「多羅尾先生、五郎蔵の真似はしないでくださいよ」

「馬之助、約定通りの金子を払うならばな」

馬之助が懐から縞の財布を出して多羅尾と呼ばれた剣客に投げた。片手で受けた多羅尾が手さぐりで財布の中身を確かめていたが、仲間に合図した。

まず四人が抜刀した。

幹次郎が道中囊の紐を解くと宗吉に渡した。

木刀を片手に前に出た。

四人の武芸者たちとは二十間（約三十六・四メートル）の距離があり、その中間に油屋の五郎蔵と風太が立っていた。

神守幹次郎が木刀を構えた。

油屋の五郎蔵は路傍に避け、腰を屈《かが》めた。風太だけが呆然と突っ立っていた。五郎蔵が、斬り合いに巻き込まれないように腰を下ろせ！　と叫んで、風太がぺたりと座った。

四人の武芸者たちも剣を思い思いに構えた姿勢で走り出した。狭い峠道だ、縦一列にならざるを得なかった。

きえっ
幹次郎の口から想像を絶する気合い声が漏れた。それが渓谷沿いの峠道に響き渡り、木霊《こだま》した。

幹次郎も走り出した。

忽《たちま》ち間合が詰まった。

五間、四間と、生死の境に踏み込んだ。

ちぇーすと！

幹次郎の口から怪鳥《けちょう》の鳴き声にも似た奇声が発せられ、体が虚空に舞い上がった。片手の木刀にもう一方の手が添えられ、それが背中に叩きつけられるほどに回され、その反動で振り下ろされた。

幹次郎とともに木刀が落ちてきた。

先頭の武芸者は脇構えの剣を振り上げた。

幹次郎の木刀の振り下ろしに峠の空気が両断された。その切っ先の真空の中に吸い込まれた武芸者の剣の動きが鈍《にぶ》った。

おおっ！

驚きの直後、天を圧する風圧が武芸者の体に襲いかかり、木刀が眉間に叩き込まれた。

げええっ！

棒立ちになった相手の体を越えて着地した幹次郎は片膝の構えから木刀を横へと薙《な》ぎ払っていた。

ふたり目の武芸者が脇腹を強打されて山側へと吹き飛ばされた。

幹次郎は立ち上がった。

そのときにはすでに木刀が頭上に垂直に立てられ、三番手の突進を迎え撃って振り下ろされていた。さらに四番目の襲撃者が肩口を叩かれて、谷へと転がり落ちるのに一瞬の間もなかった。

旋風は一旦静まった。

峠道に森閑《しんかん》とした戦慄《せんりつ》だけがあった。

神守幹次郎が多羅尾に向き合った。

間合は七、八間（約十三～十五メートル）か。

馬の首こと馬之助は恐怖に両目を丸く見開いて突っ立っていた。

「示現流か」

「お手前は」

「円明当流《えんめいとうりゅう》多羅尾曾我部《そがべ》一道《いちどう》」

円明当流がなにか神守幹次郎には推測もつかなかった。

だが、互いに人間が振るう技芸に過ぎぬ、その認識だけが幹次郎の脳裏にあった。

木刀を路傍に突き立てた。

「ほう」

という表情を示した多羅尾が道中羽織を脱ぎ捨て、刀を抜いた。

見るからに身幅のありそうな反りの強い豪剣だった。

神守幹次郎はゆっくりと間合を詰めた。

江戸の研ぎ師が豊後行平と推測した刃渡り二尺七寸の刀は鞘の中にあった。

多羅尾曾我部一道も間合を詰めて、正眼に豪剣を置いた。

間合は二間（約三・六メートル）を切っていた。

神守幹次郎は全身鋼鉄の筋肉に覆われた多羅尾の構えに付け入る隙がないことを見て取った。

（これは難敵、果たして生き残ることができるか）

幹次郎の五体を一瞬恐怖が走り抜け、身が竦《すく》んだ。

湯殿で見せられた体は厳しい日々の鍛錬と数多の修羅場を経験したことを余すところなく現わしていた。

（だが……）

神守幹次郎はなぜ多羅尾が湯殿で待ち受けていたか、そのことを考えていた。

それは戦うかもしれぬ相手に畏怖《いふ》を与えるためのものではなかったか。

「若造、頭分《かしらぶん》の垢《あか》すりをして吉原会所に取り入ったか」

この言葉が多羅尾から漏れた。

その瞬間、幹次郎は迷妄《めいもう》から解き放たれた。

湯殿で鍛え上げられた体を誇示《こじ》したことも蔑んだ問いを発したこともまた武芸者の策のひとつか。

（戦いは流れにあり）

幹次郎が流浪の旅で得た教訓だ。

阿吽《あうん》の呼吸でふたりの剣客が死地の中に踏み込んだ。

多羅尾の正眼の剣が角《かく》ばった顔の前に引きつけられ、それがわずかに上段《じようだん》へと上昇して止まった。

幹次郎はさらに半歩踏み込みつつ、叫んでいた。

けえええっ

ふたたび奇声が峠道を圧した。

多羅尾の剣がふいに脇構えに移された。

その脳裏にあったものは幹次郎の飛躍だった。薩摩《さつま》藩の御家流東郷《とうごう》示現流の愚《ぐ》直《ちよく》にして単純な上方からの打撃だった。

だが、幹次郎は最後の間合を詰めて突進していた。右手が渓流を遡る岩魚《いわな》のように躍り、柄にかかった。

多羅尾は脇構えに変えたことを後悔しながらも車輪に回した。

だが、幹次郎はすでに多羅尾の内懐深くに入り込み、抜き打っていた。

二尺七寸の長剣が一条の光に変じて、多羅尾の胴へと襲いかかった。

ふたりの胴打ちは踏み込みの差で決した。

最後に内懐に達していた幹次郎の、

「眼志流横霞み」

が多羅尾の鋼鉄の筋肉に覆われた胴を抜いた。

げえええっ
多羅尾の絶叫が峠道に響き、その瞬間、横に吹っ飛んだ。

神守幹次郎はさらに前進した。

その前に恐怖に両目を見開いた馬の首こと馬之助がいた。

幹次郎の剣が悠然と峰に返され、右肩に叩き込まれて骨を砕いた。

馬之助が押し潰されるように地べたに転がり、痛みに転げ回った。

「命だけは助けて遣わす。これからは地道に暮らせ」

神守幹次郎が血振りをして剣を鞘に納めた。

峠に湿った風が吹き抜けた。

雨がぽつりぽつりと落ちてきた。

「吉原の方、武芸者同士の果たし合い、とくと見せてもらいました」

「油屋の五郎蔵さん、馬之助の始末を願おうか」

五郎蔵の言葉をにっこりと笑って聞いた四郎兵衛が馬の上から願った。

「五郎蔵さん、江戸に出てこられる折りには吉原を訪ねてくだされ。今日のことは四郎兵衛、決して忘れませんでな」

「なんにもしていませんや」

「世の中、それが難しいのさ」

と笑った四郎兵衛が、

「雨が本降りにならぬうちに勝沼に下りましょうか」

と馬方らに言った。

第四章　田毎《たごと》の蛍

一

吉原の旦那衆ふたりを長《おさ》にした道中が江戸を出て、十数日が過ぎていた。

笹子峠を越えた辺りから梅雨に悩まされ、あちらで一日、こちらで二日と逗留を余儀《よぎ》なくされた。

だが、急ぐ旅ではない。

元々、江戸から遣手のおしまの在所に急行する道中ならば、中山道《なかせんどう》を経て、信濃追分から北国《ほっこく》街道越後路に入るのが普通の道程だ。

この道は加賀《かが》道とか、北国脇往還《わきおうかん》とか呼ばれ、加賀百万石の前田《まえだ》家の参勤交代の道でもある。それを、

「行きも帰りも同じ道では興がない」

という四郎兵衛の考えで、往路は甲州道中から松本《まつもと》城下を経由する善光寺《ぜんこうじ》街道を行き、帰りは北国街道を中山道へ出ようと決められた旅だ。

雨が降れば旅籠で雨を楽しみ、温泉があればたっぷり浸かっての「大名道中」だ。

いや、ほんものの大名行列ではこのようなのんびり旅は許されまい。

加賀の殿様の行列ともなると随行《ずいこう》が何千人にも及ぶ。一日遅れれば一日出費がかさむ。それも何千人分の食費宿代と馬の費用で何百両何千両が飛ぶ。一日といわず半日でも道中を詰めるのが道中奉行の腕前、一日平均十里余を踏破《とうは》するのが大名行列だ。

そこへいくと吉原でも筆頭の引手茶屋の主にして会所の七代目、四郎兵衛と大籬新角楼の主助左衛門一行は長閑《のどか》な旅だった。

「四郎兵衛様、旅籠暮らしも飽きましたな」

と助左衛門が言い出したころ、すでに一行は松本城下を過ぎて、おしまの在所の信濃姨捨村に近づいていた。

「そろそろおしまの在所ですよ」

「となれば風太を先行させて、おしまの家にわれらの到着を知らせますかな」

と助左衛門が言い出した。むろんおしまの死と弔いの済んだことはおしまの主の助左衛門から弟の谷平に文で知らされていた。

「そうですな。今日は鹿教湯《かけゆ》泊まりとし、明日、風太を先に走らせましょうかな」

と四郎兵衛も決断して、風太別行が決まった。

風太は生まれ在所が近づき、どことなく興奮していた。助左衛門にそのことを命じられ、

「私はこの足で走りますか」

と夜旅を提案した。

「いくら在所に近いとはいえ山中の夜旅は剣呑《けんのん》です。明朝、身軽になって先へ進めなされ」

と助左衛門が判断した。

笹子峠で喜泉楼の倅の馬之助事件に巻き込まれた助左衛門と風太の主従はどことなくしっかりとした顔つきになっていた。

助左衛門は韮崎宿《にらさき》から馬の旅を止め、ふたたび自分の足での道中に戻った。

風太は騒ぎに巻き込まれ、短い時間だが人質に取られる目に遭って、主ばかりか四郎兵衛らへの気配りをするようになった。

四郎兵衛が、

「可愛い子には旅をさせろと言いますが、世間知らずの妓楼の主従にも旅がいろいろと教えてくれますな」

と幹次郎に密かに漏らしたほどだ。

脇街道から外れて信濃の山が深く、緑が濃くなっていた。

「神守様、笹子峠以来、騒ぎもなく上々吉《じょうじょうきち》の旅でしたな」

と四郎兵衛があとを振り返った。

「雨さえなければさらにようございますがな」

「梅雨の旅です。このことは私も織り込み済み、雨を楽しみましょうかな」

「そこまでの心境にはなかなかなれませぬ」

「汀女先生と十年余の旅をなされても風雨は友にできませんでしたか」

「四郎兵衛様、かような贅沢旅ではございませぬ。懐の銭を気にしての追われ旅です。雨と雪はわれわれの道中には難敵でございましたな」

山道の向こうに湯煙《ゆけむり》が立ち昇るのが見えてきた。

「どうやらその昔、傷ついた鹿が猟師に湯の湧くところを教えたという鹿教湯に着きましたな」

「そんな謂れがございますので」

「農閑期には上田《うえだ》城下から湯治《とうじ》の衆が見えると聞きました」

山中の湯治場の旅籠の一軒に松本宿から善光寺街道を外れて脇街道を進んできた一行は部屋を見つけることができた。七つ前のことだ。

「明日はいよいよ姨捨村ですな、助左衛門さん」

「おしまの在所に二日三日は逗留することになりましょうかな」

「さよう、その程度は致し方ございますまい」

一行の長のふたりが夕餉のあとに話し合った。

翌朝、一行に先立ち、まず風太が保福寺《ほうふくじ》道を横切り、青木村《あおきむら》から地蔵《じぞう》峠越えで麻績《おみ》宿に出て、姨捨村へと先行した。

四半刻《しはんとき》（三十分）ばかり遅れて四人になった一行が風太のあとを追うことになった。

梅雨空だが、雨は落ちてはいない。それだけが救いだ。

信州に入ってから道案内を務めていた風太がいなくなり、往来する土地の人や旅人に訊きながらの旅になった。

それでも昼過ぎには麻績宿に到着し、猿《さる》ヶ《が》馬場《ばんば》峠を越えれば姨捨村だというところまで辿りついた。

まだ日が山の端《は》に残っている。

名物の棚田も見られるようになった。

「四郎兵衛様、うちには信濃のあちこちから女衆が奉公に来ておりますがな、女たちが女衒に見張られてこのような旅をしてきたなどとは考えもしませんでしたよ」

助左衛門の口調には感慨があった。

「江戸から信濃とひと口に言いますが、自分の足で道中してみると遠《とお》うございますな」

「ほんにほんに」

と答えた助左衛門が、

「恥ずかしながら今になっておしまが在所に戻りたいと書き残した胸中が察せられるようになりました」

と最後の峠を振り仰いだ。

一行は山紫陽花《やまあじさい》が咲く山道を黙々と歩いた。

峠道が下りになり、樹間から遠く甲武信岳《こぶしがたけ》に水源を発する千曲川《ちくまがわ》の流れが西日に光って帯のように見えるようになった。千曲川はさらに北へと流れ、信濃川と名を変えて越後の海に注ぐ。大河である。

助左衛門がふいに足を止め、懐に抱いてきたおしまの遺髪を出すと、

「おしま、生まれ在所の信濃姨捨村に戻り着いたぞ！　見ろ、千曲の流れだぞ！」

と大声で呼び掛けた。

その叫びが谷間に木霊して小さく消えていった。

助左衛門の眼《まなこ》は潤んでいた。

それをごしごしと手拭いで拭った助左衛門が一行の先頭に立ち、紙に巻いたおしまの遺髪を差し上げて進み始めた。

四郎兵衛ら三人がその後に従った。

姨捨村近くにある姨捨山というおどろおどろしい地名には老女を捨てる伝説がからみ、能や和歌や俳諧などにしばしば登場する。またの名は冠着山《かむりきやま》だ。

この姨捨山からの眺望は絶佳《ぜっか》で、戸隠《とがくし》、飯綱《いいづな》、妙高《みょうこう》の山並みを北に配し、東

には千曲の流れ、さらに川の対岸には中秋《ちゅうしゅう》の満月がかかる鏡台山《きょうだいさん》を望んで、その手前の棚田に映る名月を田毎《たごと》の月として観賞した。

松尾芭蕉《まつおばしょう》もまた門人の越人《えつじん》を伴い、木曾路《きそじ》を下ってきたのは中秋の名月が棚田に映る光景を見るためであった。

姨捨山の峠道の下に男ひとりが待ち受けていた。

「旦那様!」

風太が手を振り、駆け寄ってきた。

幹次郎は風太が在所に戻り、生き生きと変わっているのに気づいた。

故郷とはそのようなものか。

神守幹次郎と汀女は豊後岡藩の城下を捨て、妻仇と呼ばれて討手《うって》に追われる旅をしてきたのだ。

ふたりにはもはや帰るべき故郷はなかった、城下はなかった。

だが、幹次郎にそのことを悔やむ気持ちはさらさらない。姉様と一緒に過ごせる道を選んだことに満足していた。

そのようなことを思いながら、

「風太!」

と手を振り返した。


風太は一行の逗留場所をおしまの実弟の谷平一家と相談して、姨捨山の中腹にある古刹長楽寺の宿坊《しゆくぼう》と定めていた。そこで一行は長楽寺に草鞋を脱いだ。

井戸端で旅の埃《ほこり》と汗を洗い流し、身形《みなり》を整え直した新角楼の助左衛門が風太を伴い、おしまの実家を訪ねることにした。

その夜の内に一刻も早くおしまの望みを果たそうという助左衛門の気持ちだった。また法会《ほうえ》などの段取りを谷平と話し合うことも考えてのことだ。

長楽寺の沸かしてくれた心尽くしの湯に入った四郎兵衛と幹次郎は、

「とうとうおしまさんの御霊は在所に戻りつきましたな」

「ああ、戻りました。われら吉原人は遊女をはじめ、女衆の望郷《ぼうきよう》の念の上に商いが成り立っているということを忘れてはなりません」

としみじみ呟いたものだ。

助左衛門と風太はなかなか寺に戻ってこなかった。

夕餉の膳が冷え、五つ（午後八時）になったとき、長楽寺の納所《なつしよ》が、

「皆様方、お先にお食べなされ。汁を温め直します」

と勧めた。すでにその勧めは三度を数えていた。

「神守様、あまり庫裏《くり》の方に迷惑をかけてもなりません、助左衛門さんと風太を待たずにいただきましょうか」

四郎兵衛が決断し、汁が温め直された。

宿坊に般若湯《はんにゃとう》まで供され、四郎兵衛と幹次郎は二合ほどの酒を呑み、精進《しょうじん》料理で夕餉を終えた。

助左衛門と風太が疲れ切った様子で宿坊に戻ってきたのは五つ半（午後九時）の刻限だった。

ふたたび膳が供された。

汁が温め直される間、助左衛門がぽつりと言った。

「分からず屋はどこにもおりますな」

「なんぞございましたか」

「風太がわれらの到着を知らせたせいでおしまの眷属《けんぞく》が首を揃えておりました」

「ほう、それは早手回しなことで」

「おしまの遺髪を仏壇に捧げる間もなく金の話です」

「助左衛門さん、それは」

「はい。私はたしかにおしまが吉原で苦労して貯めた金子が二百両ばかりあったと書状で知らせてございました。だが、おしまの遺言まで細かくは書き記しませんでした。そのせいですかな、谷平は五十両では少ない、足りないと申すのですよ」

「おしまの書付を見せましたな」

「はい。書付は見せましたが谷平は字が読めません。それで内容を縷々《るる》説明もしました。さらには吉原を取り仕切る町奉行所も書付を真正《ほんもの》と判断して、その遺言に沿って始末するよう命じたことも告げました。だが、谷平はおしまが残した金子が二百両なればまず一番近い親類縁者に相談し、裁量《さいりよう》させるのが筋と強引なのです」

「呆《あき》れたものです、強欲にもほどがある。おしまの気持ち、主の助左衛門さんの志を踏みにじるにもほどがある」

珍しく四郎兵衛が憤怒《ふんぬ》の表情を見せた。

「四郎兵衛さん、強欲の頭分は吉原の者かと思うたがそうでもない」

助左衛門は急に疲れが出たようで体がひと回り小さく見えた。

「四郎兵衛さん、どうしたものかな」

「田舎の者は菩提寺の住職の話には耳を傾けると聞いています。明朝に当寺の和尚にすべてを話して相談なされてはどうかな」

「そうしますか」

と答えた助左衛門が、ともかく法会は明日の昼前にこの寺で執《と》り行うことが決まりましたと言い足した。

「助左衛門さん、このことでそなたが気を煩わすこともない。ささっ、遅くなったがな、夕餉を食して元気を出しなされ」

助左衛門と風太が黙々と箸を動かし始めた。

遠く江戸から十数日も泊まりを重ねてきてこの応対だ。

助左衛門の衝撃は深く、重かった。

夕餉の膳もそこそこにふたりの長は床に就いた。

ふたつの膳を宗吉と風太が台所に下げた。

幹次郎も台所に行った。庫裏の流しでふたりが器の始末をしていた。

幹次郎は板の間に腰を下ろした。

「風太、そなたの在所はこの姨捨村か」

「いえ、少しばかり離れております」

「おしまの実家を承知か」

「少々なれば」

「そなた、存命のおしまと昵懇であったか」

「昵懇というほどでもございません。ときにおしまさんが私を遣手部屋に呼んで信濃の話をしようと申されました」

「おしまは家の話を漏らしたか」

小さく頷いた風太が、

「一度だけ弟の谷平さんが博奕狂いで借財をこさえ、娘を吉原に売りたがっていると漏らしたことがございました」

「いつのことだ」

「去年の暮れでしたか」

幹次郎はしばし考えた末にさらに訊いた。

「今夕《こんせき》、助左衛門様に供をしてどのように感じたな」

風太はしばらく思い迷うように黙り込んだ。そして、口を開いた。

「松代藩領内、千曲川の氾濫《はんらん》やら凶作のためにこの更級《さらしな》界隈の村々の百姓衆はどこも苦しゅうございます。一揆《いっき》と呼べない騒ぎはあちらこちらで見られます。今年の二月には中野代官所《だいかんしょ》の支配下の百姓衆が米の値が上がったことに騒ぎを起こして、城中から藩士が鎮圧《ちんあつ》に出られたほどです。博奕狂いの谷平さんが娘のおけいさんを吉原に売りたいと訴えたとしても珍しくございません」

風太はぽつりぽつりとまず信濃松代藩領内の事情を告げた。

「本日、旦那様のお供で谷平さんの家に参りましたが、険しい雰囲気で奇妙な感じを持ちました」

「奇妙な感じとはどういうことか」

「はい。家じゅうが、娘たちまでなんとなく浮き浮きしているようでございました」

「なぜか」

「おしまさんが遺された二百両を当てにしてのことではございますまいか」

聞いていた宗吉が思わず舌打ちし、

「すいません」

と謝った。

「神守様、ちょいと気にかかることがございます。今宵、谷平さんの家に五、六人の男衆が旦那を待ち受けておられましたが、そのひとりは松代城下で渡世を構える田毎の吉兵衛《きちべえ》の代貸《だいがし》鴈次郎《がんじろう》にございました」

「なにっ、やくざが親戚筋か」

「いえ、そうではございません」

「谷平の後ろにやくざが加わっておるということか」

幹次郎は谷平が博奕好きという話を思い出して訊いた。

「はい。谷平さん方が強欲に旦那に迫られる背景には田毎の吉兵衛が一枚嚙んでいると思えます」

「一家は大きいかな」

「吉兵衛は田舎やくざの親分にすぎませんが、兄弟分の寝牛《ねうし》の房五郎《ふさごろう》は長野善光寺門前で大きく一家を構え、その手下七、八十人と言われております」

「吉兵衛の背後に寝牛が控えていると見てよいのだな」

「なんとも申せませんが気になります。寝牛の親分は金には五月蠅《うるさ》いと評判です。吉原の妓楼の主の助左衛門様方がわざわざ信濃に来たのをこのまま黙って見逃すとも思えません」

「さて、どうしたものか」

思案する幹次郎に風太が、

「神守様、私がこれから松代城下に走り、田毎の親分の動きを調べてきてようございますか」

「夜中だぞ」

「松代領内は私の在所にございます、夜旅など大したことはございません。知り合いもおりますれば明日じゅうに調べがつきます」

四郎兵衛も助左衛門も眠りに就いていた。

ふたりの長に断りもなしだが、幹次郎は決断した。

懐から財布を出し、三両を風太に出した。

「調べには金子がいる。それがしがそなたに融通できるのはこの三両だけだ。不足であろうが使ってくれ」

風太が押しいただき、即座に夜旅の仕度を整えた。


幹次郎は未明に起きて寺の境内で木刀を振るい、汗を流した。

道中では気を遣うばかりで稽古ができなかった。

そのために全身に欲求不満が溜まっていた。それを解消するには示現流の山稽古をするのがよい。だが、未明の寺内に奇声を発するのは憚《はばか》られた。

ただ、押し殺した気合い声を発して境内を走り回った。

その稽古が一刻ほど続き、幹次郎はさっぱりとした気分で井戸端に向かった。

長楽寺では朝の勤行《ごんぎょう》を終えたばかり、庫裏は朝餉の仕度で忙しくなっていた。

井戸端で汗を拭った幹次郎は本堂に出向き、信仰の場を未明から騒がした非礼を詫びるために坐禅《ざぜん》を組んで、しばし瞑想した。

二

朝餉の膳につくとすでに四郎兵衛と助左衛門が席について茶を喫していた。

「朝から稽古をなされたか」

「お騒がせ申しました。目を覚まさせてしまいましたか」

そこへ宗吉が飯櫃を抱えて姿を見せた。小坊主が味噌汁の椀を四つ盆で運んできた。

「どうやら風太がおらぬ曰くを神守様と宗吉は承知のようですな」

と四郎兵衛が幹次郎に訊く。

「差し出がましくも風太を夜の内に発たせました」

「ほう、どちらに」

「松代城下です」

と答えた幹次郎がふたりの旦那に経緯を報告し、改めて詫びた。

「私どもが休んでからそのような話が出来《しゅったい》しましたか」

と四郎兵衛が呟き、助左衛門に顔を向けた。

「風太がそのようなことを申しましたか、うっかり気がつきませんでしたな。奉公人をもう少し信頼し、思うことを聞いてみるのでしたな」

と嘆いた助左衛門が、

「神守様、よう指図なされました。昨夜も横になったはいいがいろいろと考え、仏心など出すものではなかったと悔いておったところです。谷平にそのような後ろ盾がいるとなると早急に手を打つ要がございます、のう、七代目」

「真《まこと》に適宜の処置にございました」

とふたりの旦那が幹次郎の判断を納得してくれた。その上で、

「助左衛門さん、朝餉を食したら早々に和尚様にお目にかかり、諸々相談申し上げたほうがよいな」

「いかにもさようにございますな」

朝餉を終えたふたりが住職の翠善《すいぜん》師に会うことになった。

幹次郎と宗吉はその話し合いが終わるのを宿坊で待った。

ふたりが宿坊に戻ってきたのは半刻後だ。

「いかがにございましたな」

「和尚は谷平の言動に大いに憤慨《ふんがい》なされてな、おしまが長年身を売って稼ぎ貯めた金子を遺言があるにも拘《かかわ》らず独り占めをしようなどと、強欲を言い張るとは許せませぬと怒られるとともに、助左衛門さんの仏心を大いに褒めておられましたぞ」

「私どもは和尚にこの一件を託して参りました」

と助左衛門もほっと安堵の様子を見せた。

「田毎の吉兵衛だ、寝牛の房五郎だというやくざ者が後ろに控えていることについてはいかが申されましたかな」

「ふたりが表立って姿を見せるようなれば、松代藩に申し上げて白黒決着をつけるときっぱりとしたお答えでした、神守様」

「それならばまずひと安心ですな」

四郎兵衛と助左衛門は江戸から持参した黒紗《くろしゃ》の羽織などを宗吉に用意させ、法会に備えた。

風太が戻る気配はなかった。

四つ（午前十時）過ぎ、本堂におしまの眷属が続々と集まってきた。さらに驚いたことにおしまの知り合いという口実で田毎の吉兵衛と十五、六人の子分どもが長楽寺に顔を見せた。

法会に来た者をやくざ者という理由で断る謂れはどこにもない。

本堂に思いがけなくも大勢の人数が集まり、江戸吉原で亡くなったおしまの追《つい》善供養《ぜんくよう》が始まった。

まず助左衛門の手でおしまの遺髪が仏壇に奉じられ、読経が始まった。

長楽寺の住職の翠善や修行僧らが顔を揃えた読経は本堂を圧し、主だった助左衛門はありし日のおしまに想いを馳せ、瞼《まぶた》を濡らした。

江戸からの長い旅をしてきた四郎兵衛や幹次郎らにとっても厳粛《げんしゆく》な気持ちが湧き起こるひとときであった。

荘厳な読経に身を浄《きよ》められたあと、おしまの眷属から順に香を手向けていく。

幹次郎らも実の倅に殺される悲劇を越えて、長年の想い、望郷の念を今ここに達したおしまの霊安らかであれと香を手向け、合掌した。

一座すべてが様々な想いを抱いて、おしまの霊と向かい合った。

続いて長楽寺住職翠善が、

「信濃国姨捨の里に生まれしおしま、故《ゆえ》ありて遠き江戸の地に出でて身を立てんと暮らししが二十七年有余の歳月を経て、ふたたび故郷姨捨に霊として戻りぬ。これもまた人の一生かな……」

と前置きして法話をした。

喪主の谷平が、口の中でもごもご呟くように参列の一座に礼を述べた。

三人目、翠善に指名されて新角楼の主助左衛門が参列者に向き合うように座を移し、おしまの吉原での暮らしぶりを話し出した。

まず助左衛門はおしまが吉原に身を落としながらも、人の道に外れることなく、精進努力した結果、女郎の年季を勤め上げたことを、それが吉原では稀有《けう》なことだと報告した。

「皆の衆、おしまがなぜ女郎に身を落としていたことまで仏前で話すかと気を悪くされるお方もございましょう。だが、死ねば御仏の前では公方《くぼう》様も女郎も同じ人間、おしまも好きで吉原に身を落としたわけではございません。身内を思って遊里に身を沈める決心をしてこの姨捨村を後にしたはずです。なによりおしまは主の私が感心するほどに真面目に働き、年季を勤め上げました。その上、遣手として私の楼に残ったのです。遣手というのは客と妓楼の主や女郎との間に立つ者、なかなか気骨がなければ、また、才覚と情がなければ務まりませぬ。おしまは客にも女郎たちにも好かれ、認められた奉公人でした。十五歳で江戸に出て、二十七年有余、一日として手を抜くことなく働き、亭主を持ち、ひとりの子を生した。まさか、その実の子の手にかかり亡くなろうとは、本人も努々考えもしなかったでございましょう……」

ここで初めておしまの死がどのようなものであったか、助左衛門は詳しくその顚末《てんまつ》を語った。

参列者は声もなく話に聞き入っていた。

「さて、皆の衆、おしまは書付を朋輩だった女郎おひさに残しておりました。その書付の中で、二十七年余をかけて貯めた金子、二百余両の分配を指示してございました」

座が急に騒がしくなった。

それには構わず助左衛門は話を進めた。

「おしまの倅一太郎の遊興費などに三十余両がおしまから倅に渡されて費消され

ており、残った金子は二百両足らずでした。その分配を記した書付はここにおられる吉原会所の頭取四郎兵衛様や、江戸町奉行所で真正なものと認められ、ただ今は長楽寺住職翠善師の手にございます。和尚の口から書付の内容を一座にお知らせ願えますか」

「待った！」

と声がかかった。

参列していた田毎の吉兵衛からだ。

「和尚、書付はまず弟の谷平さんに渡してよ、その真偽を確かめるのが順だ」

「お待ちなさい、吉兵衛さん。おしまの主どのの助左衛門さんが報告なされたように、吉原会所と奉行所がお調べのあと、おしま直筆と認めた書付です。まず内容を知るのが先決ではございませぬか。親類縁者でもないおまえさんが口を挟むのはちとおかしゅうございますよ」

と翠善がぴしゃりと言い切った。

「和尚、おれは谷平の代理だ。当人は承知のように口下手ときていらあ。江戸の者に丸め込まれないともかぎらねえ」

「なんですって！」

助左衛門が憤るのを四郎兵衛が制した。

「谷平に聞いたところによると、その書付はおしまの筆跡《て》ではないというじゃないか、ええっ、和尚さん」

「お待ちなさい」

と助左衛門が腹立たしそうに、

「おしまがこの姨捨村を出たのが十五歳です。以来、二十七年余の歳月が流れております。おまえ様方は承知でないかもしれませんが、幕府がただひとつの御免色里として許された吉原で春をひさぐ女郎は、文を書いて客を招くことが第一の務めです。それだけに書は鍛え上げられます。おしまもまたそのような暮らしをしてきた女です。姨捨にあった娘のころの筆跡と違うのは当然なこと、江戸町奉行所も認められた書付に注文をつけられますか」

と一気に吐き出した。

「それはそうだがよ、おれは谷平に頼まれ……」

「吉兵衛さん、ものには順序がございます。江戸からわざわざおしまの遺髪を運んできてくだされた方々の気持ちを酌んで書付に書かれた内容を拝聴《はいちょう》するのがまず先です」

翠善は言うと、えへん、と空咳《からぜき》をひとつして書付を読み上げた。

「読み上げます。どなたもおしまの気持ち、心してお聞きなされ……まず宛名は連名にて、ここにおられるおふたりに宛てられております。吉原会所七代目四郎兵衛様、新角楼主助左衛門様。さて内容です。わたし儀新角楼奉公人おしま万が一の場合、浄念河岸のおひさ殿がこの書付を持参致しますゆえ書付に副い宜しく御手配願い申します。おしま蓄財の金子の内、信濃国松代領内姨捨村百姓谷平へ五十両寄与……」

座が騒がしくなった。

じろりと書付から目を上げた翠善が睨み回し、

「まだ終わっておりませぬ。最後までお聞きくだされ」

と叱声《しっせい》を発して、ふたたび静寂が戻った。

唾《つば》を呑む音が重なり、本堂に響いた。

「同じく松代領内姨捨村長楽寺へ五十両寄進……」

「いんちきだぜ！」

吉兵衛が喚《わめ》いた。

だが、翠善は読み続けた。

「武蔵国江戸吉原三ノ輪浄閑寺へ六十両寄進、武蔵国江戸吉原住人大工仲次へ十五両贈与、同じく吉原浄念河岸切見世主與吉へ八両二分支払い。但しこの代金抱え女郎おひさの身請代金也。同じく吉原浄念河岸女郎おひさへ十両贈与。残金あらばおしま弔い代としてお使いくだされ、以上の事、呉呉もお願い申し上げます。天明七年三月二十日記す。新角楼奉公人おしま……」

と翠善が読み終え、書付を表に回して一座に示した。

しばらく声がなかった。

「委細承知なされたか」

翠善の声が響き、

「すべてはいんちきの書付だぜ、谷平！」

という田毎の吉兵衛の怒声が飛んだ。その声に谷平も呼応して、

「和尚さん、わっしらは不承知だ」

と言い出した。

「なにが不承知かな、谷平さん」

「おしまが残した金子だ。実弟のおれにみんな来るのが筋だ」

「違うな！」

と翠善の厳しい声が発せられた。

「よく聞きなされ、谷平さん。物の道理、世間の常識、お上の決まりを申し聞かせますでな、それでも得心いかずばとくとお聞きしましょうかな」

谷平がもごもごと口ごもり、それでも和尚の言葉を聞こうと身構えた。

「そなたはおしまが残した金子ゆえ、身内の自分に来るのが筋と申されたな。おしまは江戸に出て所帯を持ち、亭主もおれば倅もいた」

「その倅に殺されたというじゃないか」

吉兵衛が口を挟んだ。

翠善は無視して話を続けた。

「倅は奉行所の牢につながれる身だが亭主は健在です。書付なくば、すべておしまの金子は亭主の仲次にいくのが世の決まり、習わしです」

一座がざわついた。

おしまの身内に動揺が広がった。

「その亭主さえ十五両と記された書付に添って得心なされた」

と言葉を切った翠善が、

「助左衛門さん、この三ノ輪の浄閑寺というのはおしまと縁がございましたので」

と訊いた。

「和尚、三ノ輪の浄閑寺は女郎の投込寺なんでございますよ。女郎に好きで身を落とした者はおりませぬ。それでも吉原の外へと出ようと必死に勤め上げます。だがな、大半が夢を果たせず、病や寿命によって命を失い、あるいはおしまのように非業の死を遂げる者もいます。そんな折り、楼の主は、女郎の弔いなんぞ出しはしませぬ、もはや銭を稼がぬ身ですからな。そこで吉原の周りには死んだ女郎の亡骸を投げ込んで葬ってもらう寺がいくつかございます。そんな寺のひとつが三ノ輪の浄閑寺なのでございますよ。おしまは先輩女郎たちが何百何千人と投げ込まれた寺に寄進して、女郎たちの霊を弔おうと考えたのでございます」

おしまの親類、女たちの間からすすり泣きが起きた。

「ついでに申します。身請けされたおひさはおしまの朋輩でございました。年を取り、肌は荒れ、頭髪は抜け落ちて病の身にありながら、客を取って細々と生きておりました。このおひさとおしまは、時折会っては茶を飲みながら昔話をして時を過ごしていたようでございます。楼主の私もそれに気づきませんでした、亡くなったあとに知りました」

「その方を地獄から出すための金を、おしまさんは自分が身を粉《こ》にして作った金子で立て替えられましたか」

「はい、和尚さん。おひさは今、本人の望み通り故郷に戻っておりますよ」

「おしまは仏様です、観音様です」

と翠善が言い切り、ふたたび、遺髪に向かうと短く経を唱え、頭を垂れた。

一同が和尚を真似た。

だが、谷平と田毎の吉兵衛一味は傲然《ごうぜん》と頭を上げていた。

「谷平、こんな馬鹿げたことがあるものか、江戸者と坊主がぐるになっていいようにおめえの金をくすねようとしているんだぜ」

「親分、どうしようか」

ふたりが言い合う中、助左衛門が袱紗に包んだ切餅ふたつ、五十両をまず仏壇に供えた。

おしまの遺言に従った、故郷の菩提寺長楽寺への寄進だった。

「おしま様のお志《こころざし》有難く頂戴致しますぞ、助左衛門様」

「これで半分肩の荷が下りました」

「愚僧は昨夜から考えておりました。長楽寺の境内の一角におしま観音を建立し、故郷を離れて異郷の地に亡くなられた人々の護《まも》り仏としようかとな、いかがですかな」

「それはよき考えです」

四郎兵衛が賛意を示した。

助左衛門も笑みを浮かべた顔で頷いた。

「さてこの五十両だ」

助左衛門が谷平を見た。

親類縁者、女たちは五十両の包みに目をやった。

「谷平、そんなはした金、受け取っちゃならねえ。江戸者がわざわざ信濃くんだりまで来たことが怪しいや。おしまが本当はどれだけの小判を残したか知れねえぜ、五十両ぽっちを持ってきたことが臭《くさ》いぞ！」

と吉兵衛が叫び、さらに子分たちに、

「野郎ども、仏壇の五十両をまずこっちに持ってこい」

と命じた。

「へえっ、親分」

と長脇差を引っ下げた兄貴分が強引に参列の者らを掻き分けて仏壇に進んだ。

「それはおしま様の志、なりませぬ」

翠善が叫んだ。

「うるせえや！」

と兄貴分が四郎兵衛らの前を突き進んでいこうとした。

その裾を軽く払った者がいた。

兄貴分は思いがけない抵抗に顔から座敷につんのめった。恥を掻かされた兄貴分は必死に立ち上がった。

「野郎、だれが、千曲の大造《たいぞう》の裾を払いやがった！」

「兄い、それがしだ」

幹次郎が涼しげな顔で答えていた。

法会というので神守幹次郎は脇差もなしに無腰《むごし》で本堂に列していた。

「てめえ、江戸からの用心棒か」

「まあ、そんなものだ」

「ふざけやがって！」

大造が長脇差を抜くと大上段に振り被り、いきなり幹次郎の眉間に叩きつけてきた。

ふわり
と幹次郎が大造の横手に回り込んで腰を上げながら刃を避け、相手の腰を両手で抱き抱え、そのまま立ち上がると、
すたすた
と列座《れつざ》の間を歩んで、本堂から階段へと投げ落とした。

なんとも凄まじい力であった。

千曲の大造は階段に腰を打って転がり、石畳の上に長々と伸びた。

いつの間にか幹次郎の手に大造の長脇差が移っていた。

「やりやがったな！」

田毎の吉兵衛と子分たちが本堂からばらばらと飛び出してくると長脇差を抜き連ねた。

「許せねえ！　叩き斬って千曲川へ流してくれようか」

吉兵衛が叫んだ。

子分たちが幹次郎を半円に囲んだ。

神守幹次郎が長脇差を峰に返した。

「江戸は吉原会所の用心棒にござる。ちと手荒いがよいか」

幹次郎が睨み回した。

「やっちまえ！」

多勢に無勢の勢いで子分たちが長脇差を振り回して幹次郎に襲いかかった。

すいっ
と幹次郎が突進してくる子分たちの間に踏み込み、右に左に長脇差を振るった。

示現流を、眼志流を使う相手ではない。

旋風が、
ぴゅっ
と吹き抜けたあとに子分たちが六、七人も肩や腰を打たれて転がっていた。

残った子分どもは言葉もなく立ち竦み、親分の田毎の吉兵衛は本堂の回廊で呆然自失していた。

「田毎の親分、どうなさるな」

幹次郎が峰に返していた長脇差を刃に戻して突きつけた。

「お、覚えてやがれ。野郎ども、引き揚げるぞ！」

とお定まりの言葉を残した吉兵衛が回廊を庫裏の方に走り、別の階段から境内に下りると、

「油断をした、この次は必ず借りを返すぜ」

と虚勢《きよせい》を張って叫び、子分たちが大造を抱えて、長楽寺から姿を消した。


おしまが実弟の谷平に残した五十両は長楽寺の住職翠善が預かり、松代藩と相談し、時を見て下げ渡すことに決まった。

谷平以外の身内たちはこの措置《そち》に満足の様子だ。だが、当の谷平はむくれたまま一言も口をきかず早々に寺を去った。

おしまが望んだ形の帰郷ではなかったかもしれないが、姨捨村長楽寺での供養は終わった。

四郎兵衛と助左衛門が相談して、風太が戻ってくるようなればその報告次第では明日には善光寺へと向かうことが決まった。

松代領内にある善光寺門前町は姨捨から半日の距離だ。

七つ、汗みどろの風太が戻ってきた。

むしむしする陽気で、風太は井戸端で汗を流したのち、助左衛門らの前に出た。

「風太、ご苦労でした」

助左衛門が徹夜の探索を労《ねぎら》った。

「旦那様、田毎の吉兵衛らが昼過ぎに松代城下に這《ほ》う這うの体で舞い戻ってきました」

「神守様にこっぴどく殴られたでな」

風太もそう推測していたか、頷いた。

「私は朝方吉兵衛らが出かけたあと、吉兵衛の家の様子を知る手立てはないかと思案しておりますと、私と同じ村の出の鹿十《かじゅう》が吉兵衛の台所に出入りしておることを知りました。鹿十は城下の豆腐屋に奉公しているのです。そこで鹿十に頼んで様子を聞き知ることにしました。すると飯炊きが懇意とかで、いろいろと喋ってくれましたそうな……」


姨捨村の谷平は、吉兵衛が村々の祭りで開く草博奕に出入りして博奕に嵌《はま》り、近ごろでは松代城下で開かれる吉兵衛の賭場に姿を見せるまで熱を入れているとか。すでに吉兵衛には借財が三十余両あり、田圃と家はそのかたに吉兵衛へ差し出すとの一札《いっさつ》を入れていることなどが判明した。

そこへおしまの死と残した遺産二百余両の話が江戸から伝えられ、谷平は吉兵衛に賭場の借財を一遍《いっぺん》に返すと啖呵《たんか》を切ったとか。また吉兵衛に知恵をあれこれとつけられた様子で長楽寺に乗り込んだことを鹿十が飯炊きから聞き出し、それが風太へ伝えられた。

さらに吉兵衛らがさんざんな目に遭って帰宅したあとには、すぐに谷平が吉兵衛の家に飛び込んできたことが分かった。


助左衛門がそれを聞いて舌打ちした。

「そんなことだろうと推量してましたよ」

と答えた四郎兵衛が風太に目顔で先を促すと、

「四郎兵衛様、田毎の吉兵衛はなんともふざけたことを谷平と相談したようです。こたびの儲けは百両二百両の話じゃない。吉原の会所の頭取と妓楼の主が十両や二十両のしけた路銀《ろぎん》を持って道中しているわけもない。その証しに用心棒が従っておる、ふたりの懐には何百両もの金子があるはずだ。そいつを奪おう、そういう算段をしたそうです」

「呆れた」

と助左衛門が言った。

「旦那様、それればかりではございません。善光寺に使いを立て、兄弟分の寝牛の房五郎に助っ人を頼んだのです」

「まあ、田舎やくざの考えそうなことです」

と四郎兵衛が想定の内だという顔をした。

「四郎兵衛様、それはよいが私どもの善光寺参り、止めたほうがいいかな」

助左衛門はいかにも残念そうな表情をした。

「助左衛門さん、道中の予定は変えませぬ」

「というと寝牛の縄張りの善光寺に向かいますので」

「わたしどもは江戸を遠く離れた旅の空の下におりましょう。これから尻に帆をかけて江戸に逃げたところで、どこぞで追いつかれます。ならば正々堂々と善光寺様へお参りして江戸までの無事を阿弥陀如来《にょらい》にお願いしたほうがようございませぬか」

「寝牛が黙っておりましょうか」

「そのときはそのときです。わたしどもはなにも悪いことをしたわけではございません。逃げ隠れするほうがおかしゅうございますよ」

「それはその通りですが」

「助左衛門さん、神守幹次郎様にひと汗掻いてもらうことになりそうです、お願い申しましょう」

四郎兵衛が言い、幹次郎が首肯した。

そのとき、寺の小坊主が姿を見せて、

「おみのさんとおけいさんが見えられました」

と告げた。助左衛門が、

「四郎兵衛様、おみのさんは谷平のおかみさん、おけいさんは娘にございますよ」

と説明を加えた。法会の席は、江戸から来た者たちに一族の紹介もないまま散会していた。

「さて、なにごとかな」

ふたりの旦那が顔を見合わせ、

「まずお会いしましょうか」

と小坊主にその旨を伝えた。

ふたりの親子は緊張に身を固くして四郎兵衛らが待つ宿坊に姿を見せた。親子は廊下にぺたりと座り、深々と頭を床につけた。

「そこでは話ができませぬ、ささっ、中へ入ってくだされ」

と四郎兵衛に促されてようやくふたりが座敷に身を移した。

幹次郎は法会の席にふたりがいたことを思い出していた。おけいの顔立ちは、うっすらと承知していたおしまのそれと似ているように思えた。

「なんでございましょうな」

と助左衛門が用件を話すように言った。

「へえっ、まんず恥ずかしいこってごぜえます。旦那方の顔もまともに見られませぬ」

「亭主の所業かな」

四郎兵衛らの優しい語調に促され、おみのが頷き、

「わっしはおしまさんを知りませぬ。ですが、江戸で苦労して何百両という大金を残されたおしまさんに心から頭が下がります。それを亭主ときたら腹黒いことを考えまして、江戸から見えた旦那方にも顔向けできませんだ」

「その言葉を聞いて江戸から来た甲斐《かい》がございました」

と助左衛門がほっとした顔をした。

「亭主が博奕狂いなのは承知しております。一家じゅうで何度諫《いさ》めても盆茣蓙《ぼん》から逃れることはできません。傍《はた》からうちの田圃も家作《かさく》もすでに吉兵衛親分のもの

だと聞かされております。そこへおしまさんの話がございまして、亭主がさらに狂いました」

「およその話は察しております」

「わっしらはおしまさんが残した金子をいただく謂れも資格もねえ。いただいたところで吉兵衛親分がそっくり持っていくのは目に見えております」

四郎兵衛と助左衛門が曖昧に頷く。

「旦那方、お願いがごぜえます」

「なんだな」

と四郎兵衛が訊いた。

「うちでは田圃と家がなければ生きてはいけません。このおけいを吉原に身売りして吉兵衛親分に亭主の借財をきれいさっぱり払いとうございます。おしまさんの供養の帰り道、おけいと話し合いました」

「亭主も承知か」

助左衛門が訊いた。

おみのが顔を横に振った。

「おけいさん、そなた、いくつになるな」

「十七にございます」

「女郎に身を落とすにはちょうどいい。だがな、そなた方は女郎の暮らしを知らぬ。それほど生易《なまやさ》しいものではないぞ」

「それでもおしま伯母は二百両もの大金を残され、亭主も子も持たれたそうな」

とおけいが言った。

「おしまの例は吉原ではまず稀有なことです。それはな、おしまが他の女郎の何百倍もの苦労に耐えたからです」

とぴしゃりと助左衛門が言い、

「そのおしまでさえ、金のために実の倅に殺されるというむごい目に遭った。遊里は無情すぎます、それが吉原の暮らしです。決して甘くはございません」

助左衛門が首を横に振った。

「旦那様、それでもおけいは江戸に身売りをせねばうちの暮らしが成り立ちませぬ」

と叫ぶようにおみのが言い返した。

助左衛門が四郎兵衛を見た。

「ここはひとつ思案のしどころですな」

「思案とは」

と問い返す助左衛門には答えず、

「おみのさん、おけいさん、おまえさん方の気持ちは分かった。一日ばかり時を貸してくだされ。当寺の和尚様とも相談し、よき方法を考えますでな」

とふたりの訪問者に言い聞かせた。

ふたたび四郎兵衛と助左衛門が和尚に会い、新たな展開を相談することにした。

幹次郎は一旦家に戻るおみのとおけいの親子を長楽寺の外まで見送っていった。

「おみのさん、おけいさん、それがしと女房もまた江戸でな、吉原に拾われ、暮らしが立つようになった者です。吉原には遊女を稼がす鬼が棲むと世間で言われますがな、情誼《じょうぎ》を知った四郎兵衛様や助左衛門様のような方もおられます。まずはおふたりと和尚にお任せあれ」

ふたりが黙したまま頷いた。

幹次郎は田毎の月が見える棚田まで親子を見送っていった。

季節は半夏生《はんげしょう》を迎え、刻限は六つ半（午後七時）近くになっていた。

棚田に明日にも満月を迎えようという田毎の月が映っていた。

「なんとも美しい村じゃな」

と感嘆する幹次郎に、

「田毎に月が映《えい》じましょうと腹の足しにはなりませぬ。わっしらはその田さえ失おうとしております」

おみのが呟き、ぺこりと頭を下げて村へと下っていった。

幹次郎はいつまでも親子が遠ざかる姿を見ていた。

蛙鳴く　田毎の月に　半夏生

光景そのままを詠んだ拙《つたな》い句が浮かんだ。

(姉様にはとても披露できぬな)

幹次郎は親子の姿を探したがすでに闇に溶け込んで、田毎の月ばかりが赤みを帯びた光を強めていた。

三

俳人松尾芭蕉が『更科紀行《さらしなきこう》』で詠んだ、

ている。

「月影や　四門四宗も　ただ一つ」

の句の中に一宗一派に偏《かたよ》ることのない善光寺の信仰のあり方が言い尽くされている。

四門四宗もひとつ、とはあらゆる考えや信仰を超越したという意味であろう。

阿弥陀信仰の大本山として善光寺が創建された年は明らかではないがおよそ大《たい》化《か》（六四五〜六五〇）前後といわれ、鎌倉時代に入り、源頼朝が参詣したこともあって信仰は急速な広がりを見せた。後深草院二条《ごふかくさいんのにじょう》の参詣に見られるように女だけの参詣団も組織され、江戸に入ると参詣者の出身地ごとに泊まる宿坊も差し定められた。それほど善光寺参りは全国的に組織立ったものになった。

近世以来、善光寺を善光寺大勧進《だいかんじん》（天台宗《てんだいしゅう》）と善光寺大本願《だいほんがん》（浄土宗《じょうどしゅう》）のふたつの宗派が護持《ごじ》していた。

「遠くとも一度は参れ善光寺　救ひたまふぞ弥陀の誓願」

と御詠歌《ごえいか》に詠われるように、善光寺参りはお伊勢《いせ》参りと並ぶ庶民の念願であった。

四郎兵衛と助左衛門ら一行は昼の刻限前に善光寺門前町の江戸吉原の講中《こうじゅう》が泊まる善光寺の宿坊武智院《たけちいん》に到着した。

五人の男とともに、おけいの旅姿もあった。

「おおっ、これは七代目、何年ぶりの善光寺参りですかな」

一行は四郎兵衛を知る武智院の主や番頭に迎えられ、

「七代目に就任した前後でしたからもう十数年にはなりますぞ」

表口で挨拶を交わしたあと、荷だけを預けて、まずは善光寺の本堂に参ることにした。

古い縁起を持つ定額山《じょうがくさん》善光寺だが、戦国時代に危機を迎えた。川中島《かわなかじま》の戦いの最中、武田信玄《しんげん》によって本尊一光三尊《いっこうさんぞん》阿弥陀如来像をはじめとした寺宝《じほう》が甲府に持ち去られたのだ。

そのため、諸国から講中を集めた門前町は寂れ、本尊もまた甲府から岐阜、浜《はま》松《まつ》、京都と六度の流転を経て、四十三年後にふたたび善光寺に戻った。

本尊の帰還で善光寺は往時を凌ぐ勢いを取り戻す。

中山道の追分宿と越後を結ぶ北国街道の宿駅善光寺大門町だけで旅籠数は三十を数え、寺内の浄土宗大本願と天台宗大勧進の周りに四十六の宿坊が軒を連ねていた。

賑やかな参道を進むと、撞木造《しゅもくづくり》の堂々たる本堂が見えてきた。

宝永《ほうえい》四年（一七〇七）に再建された本堂を見上げた助左衛門が、

「牛に引かれて善光寺参りと申しますがな、わたしゃ、おしまの霊に導かれて初めて善光寺に参ることができました」

と感激の言葉を発した。

「助左衛門さん、今日はな、まずは阿弥陀様にお会いしておしまのことなどを願いましょうかな。明朝、改めて朝参りに参りましょう」

「朝にはなんぞございますか」

「お朝事《あさじ》と申す仏事が毎朝開かれましてな、その後、ご住職が参道に並んで待つ信徒の頭を撫でてくれます。このお数珠《じゅず》頂戴で善光寺講中の方々は信濃に来たと安堵なされるのですよ」

「それは是非《ぜひ》受けなければ善光寺に来た甲斐がございませんな」

そう言いつつ、助左衛門は階段を上がった脇にある札所《ふだしょ》で特別な布施《ふせ》を包み、おしまのための読経を願った。

しばらく待たされた一行六人はご本尊阿弥陀如来様の前に入ることを許され、江戸で亡くなった姨捨村の出のおしまの追善の一時をふたたび持った。

「四郎兵衛さん、信濃に来てようございました。なんだか、肩の荷がふいになくなったようで軽くなりました」

と助左衛門が晴れ晴れとした声を上げた。

「わたしゃ、なんだか吉原に戻っても妓楼の主に戻れるかどうか」

「助左衛門さん、勘違いをなされるな」

「勘違いとはなんでございますかな」

「御仏の前でちと不謹慎のそしりは免れますまい。ですがな、この世の中は清い水だけでは成り立ちませぬ。濁った水があってようやくひとつの暮らしが成り立ちます。そなたは忘八と呼ばれ、孝、悌《てい》、忠、信、礼、義、廉《れん》、恥《ち》の八つを忘れねば務まらぬ女郎屋の楼主です。おまえ様に一々言うこともないが、この戒《いまし》めがあればこそ吉原が成り立ちます。高々二万余坪、鉄漿溝に囲まれたこの世の極《ごく》楽浄土《らくじょうど》があるのです。仏心は大事ですが、泥水に浸かり、闇に潜む覚悟を忘れてはなりませんぞ」

吉原を仕切る七代目がぴしゃりと言い切った。

「いかにも、四郎兵衛様の申される通りかな。この助左衛門の肩には女郎、男衆と百人以上の奉公人がのしかかっておりますからな」

「阿弥陀様の前でつまらぬ説教をしましたな」

四郎兵衛らはふたたび参道に出た。

おけいが突然身を竦めた。

人込みを強引に分けて法被《はっぴ》姿のやくざ者が一行の行く手を塞いだ。中には浪人者も含まれていた。

法被の片襟には寝牛の房五郎一家、もう一方の襟には信濃善光寺御用達《ごようたし》が、さらに背には寝そべった牛の姿が染め出されていた。

そんな渡世人の中に谷平がいた。

「お父つぁん」

谷平はおけいを睨むと、

「なんでこんなところにおる」

と訊いた。

「おけいは吉原に身売りしました」

「なんで身売りせねばなんねえ」

「お父つぁんが賭場でこさえた借財で田圃も家も田毎の親分に取られるという話ではねえか。わたしが身売りして借財を返します」

「おしまが残した大金があろうが」

「あれはお父つぁんも私どもも使えません。おしま伯母《おば》の供養すらまともにせぬ人がもらえるわけもねえ」

「江戸者に騙されたな、おけい」

「私とおっ母《かあ》が話して決めたことです」

「こっち来い」

と言う谷平におけいが首を振った。

谷平が寝牛一家の面々を顧みて、なんとかしてくれという顔をした。その機先を制して、

「寝牛のご一統に申し上げます。長楽寺の和尚様立会いのもと、おけいはおけいの一存で身売りします。だれにも反対はできませぬ」

と四郎兵衛が言い切った。

参道には大勢の人々が往来し、中には路上の対峙《たいじ》を立ち止まって眺めている者もいた。

寝牛一家は、手出しをするかどうか迷った末に、魂胆があるのか、すいっと身を引いた。

谷平だけがその場に残った。

「お父つぁん、目を覚まして」

おけいが悲痛な声で呼びかけた。

おけいが一行の道中に加わったのは、長楽寺の和尚翠善と四郎兵衛、助左衛門が話し合ってのことだった。谷平の博奕狂いを冷ますには娘のおけいの吉原身売りを偽装するしかあるまいとおけいが一行の道中に加わったのだった。

谷平がくるりと身を翻《ひるがえ》して寝牛一家を追った。

おけいが哀《かな》しげにその背を見送った。

「まずは一幕目、本舞台は明日か明後日にございましょうな」

と四郎兵衛が呟いた。

四

その夕べ、宿坊の武智院で四郎兵衛ら一行は魚肉を避け、豆、胡麻《ごま》、季節の野菜で工夫された精進料理を食して旅の終わりを感じ合った。

おしまの遺髪を姨捨の長楽寺に納め、善光寺にお参りすれば旅の目的はほぼ達したことになる。

六つの膳を並べた中に一緒に加わるおけいは、同郷の風太に江戸や吉原のことを訊いていた。

若いおけいは伯母のおしまの後を継ぎたい気持ちをどこか捨てきれないでいた。風太は助左衛門らの耳を気にしながらも、

「おけいさん、吉原は格別な遊里だ。望んで身を捨てるところではねえ、信濃に生まれた者は信濃で暮らすのが一番だ」

と婕捨に留《とど》まることを説得していた。

信濃の千曲川沿いに生まれた娘にとっては、吉原がどんなところと言われようと、江戸が華やかな、幻想の都であることに変わりはなかった。

ふたりの若い男女の問答に助左衛門も四郎兵衛も入ることはなかった。

幹次郎は夕餉のあと、宿坊の周りを見て回ることにした。

田毎の吉兵衛が兄貴分の寝牛の房五郎に助けを求めた以上、四郎兵衛一行は彼らの監視下にあると思えたからだ。

「神守様、わっしもご一緒させてください」

玄関先で宗吉が幹次郎に声をかけた。

木刀を手に提げた幹次郎が頷き、

「まあ、阿弥陀様のお膝下でなにかが起こるとは思えぬがな」

「松代城下からも近《ちこ》うございますしね、まずそのようなことはありますまい」

とふたりは言い合い、宿坊が立派な普請を連ねる参道から裏手へと回った。どこにも見張りはいないように思えた。

それが油断させたとも言えた。

宿坊が連なる裏手には田植えを終えた田圃の水に丸い月が映っていた。

風がそよぐと早苗が揺れ、月も揺れた。

「信濃では月と蕎麦が名物、と聞いてきたが、どこへ行っても月がよう風景に映《は》えておるな」

と姉様から聞き知った話を幹次郎は思い出していた。

「江戸生まれの者にはなんとも信濃が極楽浄土に思えます」

と宗吉も答えた。

ふたりはしばらく無言で田に映る月を眺めていた。その上を蛍が淡い光を引いて飛び始め、なんとも幻想的な世界に入り込んだようで黙したまま長い時を佇んでいた。

一群の蛍が飛び去り、宗吉が問うた。

「寝牛と田毎のふたりの親分はなんとしても私どもの道中に立ち塞がりますかねえ」

「吉原の名はよくも悪くも田舎の人にとっては大きすぎるでな、虚実ないまぜて知識を持っておるようだ。寝牛も田毎も四郎兵衛様と助左衛門様が大金を懐に旅をしておると勘違いしておるのだな」

「おけいも吉原がどんなところか、伯母のおしまさんがどれほど心胆《しんたん》を砕いて稼ぎ貯めたか、分かっちゃあいますまい。ただきれいな着物《べべ》を着て、白粉を塗って、客を待つ姿くらいしか頭に思い浮かべてはおりますまい」

「そんなところかのう」

月の位置が高くなるにつれ、田圃に映じる月が小さくなっていく。

刻限《とき》が緩く流れ、ふたりはふと我に返った。

「宿坊に戻ろうか」

「そうしましょう」

ふたりは見張りの影を見つけられないまま武智院へ戻った。すると風太が玄関に立っていた。

「おや、おけいちゃんは一緒ではございませんので」

「なにつ、おけいの姿が見えぬか。いつからだな」

「おふたりを追うように出ていかれたのが、四半刻も前にございます」

「しまった、迂闊《うかつ》だったか」

三人は手分けして宿坊の周りを探した。だが、おけいの姿はなかった。

「宗吉、このことを四郎兵衛様方に知らせてくれ。まず父親の谷平のもとへ連れ戻されたと考えたほうがよかろう。谷平と一緒なれば、まず危害を加えられることもあるまいがな」

頷いた宗吉が尋ねた。

「神守様はどうされます」

「念のためだ。風太を案内に寝牛一家の様子を見てこよう」

「無理はなさらないでくだせえ」

と宗吉が幹次郎に頼んだ。

相分かった、と承知した幹次郎と風太は善光寺の本堂への道を急いだ。

風太によれば、寝牛の房五郎一家は善光寺の本堂の東側に一家を構えているということだ。

仁王門《におうもん》から境内に入り、夜空に聳《そび》える本堂を横目に斜めに突っ切った。

土塀と石畳の坂道を曲がると町屋に変わり、大きな家が軒を連ねていた。屋敷を囲むように疏水《そすい》が流れていた。

時折り、ぱちゃぱちゃと音がするのは鯉《こい》が飼われているせいだ。

寝牛の房五郎は善光寺寺中の檀家総代が住む一角に一家を構えていた。その間口は十二、三間（約二十二～二十四メートル）はありそうだ。

高張り提灯が煌々《こうこう》と点され、善光寺にお参りに来た旅の者を呼び込んで手慰みの賭場でも開かれている様子だ。

「表は近づけそうにもない。裏に回ろうか」

幹次郎の囁きに風太が頷き、大きく屋敷を回り込んで裏へと出た。家の裏手の塀下にも幅半間（約九十センチ）ほどの疏水が音を立てて流れていた。

その疏水の石橋に寝牛の裏口があって、子分たちがふたりばかり立ち番をしていた。

「どうしたものかな」

思案する幹次郎に風太が、

「私が塀を乗り越えて中の様子を眺めてきます」

と裾を後ろ帯に絡げ始めた。

「無理はするな、おけいがこの家におることが確かめられればそれで安心だからな。あとのことは四郎兵衛様方と相談しようぞ」

「承知しました」

道中を始めて一段と精悍《せいかん》な顔つきになった新角楼の男衆の風太が頷いた。

「あのふたりをそれがしが引きつける。その隙に塀を乗り越えよ」

ふたりは二手に分かれた。

幹次郎は闇の路地を伝って今までいたとは反対側に移動した。そして、足元から小石を拾った。

幹次郎が疏水に向かって投げた。

流れに落ちた石に気づいたふたりが幹次郎のほうを透かし見た。

幹次郎は闇にしゃがみ込み、じっと息を殺していた。

「鯉が暴れたか」

「そんなとこだべ」

ふたりが言い合ったが動こうとはしなかった。

幹次郎はその間に風太が塀を乗り越えたのを見ていた。そこで時を置いて、風太が塀を乗り越えた場所に戻った。

半刻、幹次郎はじっと耐えて待った。

寝牛の房五郎の敷地は百六、七十坪はありそうだった。塀の向こうに蔵の屋根が見え、樹木が鬱蒼と茂っていた。

寝牛の家は元々油問屋とか、その名残の蔵か。

塀の向こうで人の気配がした。

幹次郎が塀の上を見ると風太の顔が覗いた。

今一度、見張りを別のところへ引きつけようかと考える幹次郎をよそに風太の顔が消え、しばらくすると見張りの死角になる塀を乗り越えて戻ってきた。

「ご苦労だったたな」

寝牛の屋敷から善光寺の境内に戻った幹次郎は風太を労った。

「神守様、おけいちゃんの姿は見てませんが谷平さんが蔵に出入りしております。まずおけいちゃんは蔵におると見てようございます」

「やはりな、油断であったわ」

「母屋では博奕が開かれておりましてな、客や寝牛の子分どもが厠《かわや》に行き来しますので、縁の下に身を潜めておりました。すると田毎の吉兵衛と寝牛の代貸の千三《せんぞう》が縁側に出てきまして、一服していきました……」

「千三さんよ、吉原の連中はよ、腕の立つ用心棒を連れておるが、その始末、どうしたものかのう」

「田毎の親分、たったひとりの用心棒にびくつくこともあるめえよ。うちには東軍流《とうぐんりゅう》の遣い手の山上鵜五郎平《やまがみうごろべい》先生が弟子を連れて逗留しておられるわ。山上先生の手を煩わすこともあるめえ、弟子五人で囲み込んで滅多斬りよ」

「大丈夫かな」

「田毎の、うちは子分七十人の大所帯だぜ。用心棒を叩き斬り、千曲川に流したあとはよ、四郎兵衛らふたりの旦那を人質にとって、江戸に知らせるまでよ。五百、いや、千両を身代金にふっかけると親分が言ってなさる」

「さすがに寝牛は話が大きいな」

「おう」

「……神守様、そんな立ち話をして縁側から消えました」

と風太が聞き知った探索の結果を報告した。

「よし、このことを四郎兵衛様方に知らせてくれ」

「神守様はどうなさるのじゃ」

「おけいの身になにかがあってもいかんでな、それがしは徹宵《てつしょう》して見張る。四郎兵衛様にはこう申し伝えてくれぬか」

と幹次郎は風太にその夜にすべきことと明日の計りごとなどを細かく伝えた。

翌朝、四郎兵衛と助左衛門の姿は善光寺参道にあって、大勢の信徒たちとともに「お朝事」を終えた住職たちが功徳を授けるという「お数珠頂戴」の儀式に参列して、無事にそれを受けることができた。

参道から信徒たちが散り、四郎兵衛らは門前町で江戸への土産を買い求め、宿坊の武智院に戻った。

改めて旅仕度に戻った四郎兵衛、助左衛門、風太、それに宗吉の四人が善光寺をあとに善光寺平《だいら》へと出た。

刻限は昼過ぎのことであった。

今宵はふたたび長楽寺に宿泊し、明朝に江戸への帰路に就く予定の一行だった。

ふたりの旦那が徒歩であるせいでゆったりとしていた。

善光寺を出て、ほぼ一刻、千曲川を挟んで東岸に松代城下を望む河原に差しかかった。

「助左衛門さん、この河原が甲斐の武田信玄公と越後の上杉謙信《うえすぎけんしん》公が五度にわたり戦いを繰り広げられた、川中島《かわなかじま》の古戦場ですぞ」

「ほう、これが有名な戦の跡ですか」

四郎兵衛と助左衛門は感慨に誘われたかのように河原へと下りた。

それまで善光寺平に梅雨の合間の晴れ間が覗いていたが、見る見る黒い雲が走り、雨雲が川中島の古戦場の真上へと押し寄せてきた。

「旦那様、ちと急がねば長楽寺への道中で雨に遭います」

宗吉が心配を口にした。

だが、雨が襲いくる前に河原へと大勢の男たちが下りてきた。

田毎の吉兵衛と寝牛の房五郎を先頭にし、傍らに谷平が寄り添っていた。さらに喧嘩仕度の子分たちと武芸者六人が従っていた。

あっ
という間に四郎兵衛たちは千曲川の流れを背に囲まれた。

「おや、おまえ様方は田毎の親分に谷平さんでございますな」

四郎兵衛が平然と既知の吉兵衛と谷平を睨み据えた。

「江戸でこそ吉原会所の頭取だ、七代目だと大きな顔をしていられようが、信濃国では通じねえんだよ。この前は油断した、今日は寝牛の親分も一緒だ。おまえさん方に信濃の習わしをちいと知ってもらいたくてな」

「信濃の習わしとはなんですな」

「谷平の姉の残した遺産は近い親類が受け取るという世の常識を知ってもらいたいのよ」

「吉兵衛さん、おしまさんの遺産ならおしまさんの遺言通りに長楽寺にすでに納めてございますよ」

「ならばそなた方の身で払ってもらおうか」

「私どもを捕らえて江戸の吉原に掛け合う算段だそうで、田舎やくざが頭を絞って考えそうな猿知恵ですな」

「猿知恵と抜かしたな。引っ括って蔵に押し込めてやる、そんとき吠え面かくんじゃねえぞ」

「谷平さん、まだ目が覚めませぬか。こやつらはおまえさんから金を搾《しぼ》り上げたら、おまえさんの田圃屋敷はむろんのこと、娘のおけいを遊里に叩き売るくらいのことを考えていますよ」

四郎兵衛が谷平から吉兵衛、房五郎を睨み回した。

「田毎の、用心棒がおらぬな」

でっぷりと太った房五郎が拍子抜けしたという顔で言った。

「寝牛の親分が乗り出したというので逃げちまったかな」

と田毎の吉兵衛が首を捻ったとき、川中島の河原に一陣の風が吹き抜け、大粒の雨が降り出した。

「田毎の、こやつらを善光寺へ連れ戻すぜ」

と寝牛が雨を片手で避《よ》けながら、土手に待機させていた駕籠を呼ぼうとした。

四郎兵衛が篠突《しのつ》く雨の四周を見回し、千曲川の上流になにかを認めたか、にっこりと笑った。

「田毎の、寝牛の、お待ちかねのお方が見えましたよ」

四郎兵衛の言葉にふたりが上流に目を移した。

豪雨をついて一艘の川舟が矢のように川中島の古戦場に接近していた。

棹を握るのはおけいだ。

そして、舳先《へさき》にはすでに股立《ももだ》ちを取り、襷をかけ、菅笠を被った神守幹次郎が立っていた。その手には愛用の木刀が提げられている。

「おけい、なんでこんなところに」

谷平が訝しそうに言った。

「谷平さん、寝牛の面々がこちらに押し出したのを見て、神守様が寝牛の親分の蔵に押し入り、おけいを連れ戻したのですよ」

「お、親分！」

と谷平が悲鳴を上げた。

「山上先生、あやつが吉原会所の用心棒だ」

田毎の吉兵衛の叫びにそれまで手持ち無沙汰に立っていた山上ら六人の武芸者が雨の中、岸辺へと走った。

「おしまが降らす涙雨にございますな」

四郎兵衛が呟き、川舟の舳先が、
がつん
と音を立てて、川底を嚙んで泊まった。

神守幹次郎が木刀を立てて、走り来る六人の武芸者へと跳んだ。

おけいが棹を差す川舟が流れに押され、下流へと流されそうになるのを宗吉と風太が摑まえた。

その瞬間、戦いが始まっていた。

夏羽織を体に張りつかせた山上鵜五郎平が後陣《ごじん》に残り、五人の門弟が幹次郎へと殺到した。

雨煙《うえん》を突いて神守幹次郎の長身が飛翔した。

ちぇーすと！

奇声が河原に響き、高々と掲げられた木刀が五人の剣陣の中へと割って入った。

一撃目で真ん中の武芸者の眉間が断ち割られ、河原に着地して片膝をついた幹次郎の木刀が目にも止まらぬ速さで左右に振り分けられ、ふたりが横手へと吹っ飛んだ。

神守幹次郎が立ち上がった。

右手から強襲が来た。

それを見ながら左手に跳んだ幹次郎の木刀が相手の肩を砕き、振り返った姿勢から一気に五人目に襲いかかった。

雨を伴う野分《のわき》は一旦やんだ。

五人の武芸者が、すでに河原で呻吟《しんぎん》していた。

田毎の吉兵衛も寝牛の房五郎も鬼人《きじん》にも似た神守幹次郎の動きに言葉を失っていた。

「おのれ、許せぬ」

山上鶏五郎平が剣を抜くと腰を落として間合を詰めてきた。幹次郎の流儀を薩摩の示現流と見破り、間合を消していた。

幹次郎は木刀を脇構えに置いた。

山上は八双《はっそう》に剣を立てた。

間合はすでに一間とない。

ふたりの剣者の視界を雨が遮《さえぎ》っていた。

一呼吸二呼吸ののち、山上が雨煙を分けて突進し、沈めた腰を伸ばしながら八双の剣を振り下ろした。

雨がふたつに割れた。

低い姿勢から神守幹次郎もまた踏み込み様に木刀を車輪に回していた。

木刀が光になって縦に割れた雨をさらに横へと斬り分けた。

剣と木刀が交差した。

後《ご》の先《せん》、神守幹次郎の、

「眼志流横霞み」

が山上の脇腹を一瞬早く強打し、肋骨《ろっこつ》をへし折って河原へと転がした。

雨は降り続いていた。

幹次郎の木刀がゆっくりと回された。

「田毎、寝牛、そなたら、やくざなれば引き際を承知しておろう」

寝牛の房五郎ががくがくと太った顔を縦に振った。

さらに木刀の切っ先が呆然として立ち竦む谷平に向けられた。

わあああっ！

と叫び声を上げた谷平が思わぬ動きをなした。

おけいの乗る川舟に走り、飛び乗った。

「お父つぁん！」

おけいから棹を奪うと河原を突いた。

「おけい、飛び下りよ！」

幹次郎の命におけいが必死の思いで河原へと飛び下りた。

宗吉と風太の手を掻い潜り、川舟が岸を離れ、流れに乗った。

先ほどからの雨で川の水が増え、波が立っていた。

「お父つぁん！」

おけいが河原を走った。

それを風太が追った。

川舟は千曲川の暴れる流れの中央に出て、舳先を下流へと立てようとした。

その瞬間、横波を食らった川舟がくるりと横転した。

谷平の体が激流に落ち、一、二度ぷかぷかと頭を上げたが流れに押されて見る見る下流へ、川底へと呑み込まれて消えた。

河原を重い沈黙が支配した後、

「お父つぁん！」

というおけいの悲痛な絶叫が川中島に響いた。

第五章　夏の夢

一

吉原会所の七代目頭取の四郎兵衛、大籬新角楼の主の助左衛門ら一行五人がおしまの遺言を実行するために江戸を離れ、信濃路を旅しているうちに天明七年（一七八七）の梅雨は明けていた。

一行の帰路は北国街道越後路を坂木《さかき》、上田、海野《うんの》、田中《たなか》、小諸《こもろ》と進み、信濃追分から中山道に入り、戸田《とだ》の渡しを経て、板橋《いたばし》宿へと戻ってきた。

往路は甲州道中から善光寺街道を経由する旅で、帰路は北国街道から中山道を経た長い行程だった。

夕暮れ前、今戸橋から土手八丁に入ると吉原会所と馴染の船宿牡丹屋《ぼたんや》の表口に紅色の夾竹桃《きょうちくとう》が重なり合って花を咲かせているのが鮮やかだった。

すでに陰暦六月を迎えていた。

「七代目、お帰りなさったか」

老船頭の政吉《まさきち》が船着場から声をかけてきた。

「はい、なんとか無事に江戸に戻ってきましたよ」

返答をする四郎兵衛の声も弾んで聞こえた。

山谷堀を夏茜《なつあかね》や川蜻蛉《かわとんぼ》が飛んでいた。

土手八丁をこちらに向かってくる男衆の襟に遊女が暑中見舞いに配る団扇《うちわ》が挿《さ》されてあった。昼見世で馴染の遊女にもらったか。

「助左衛門さん、暑中見舞いの団扇を配る季節ですよ」

「帰ったらすぐにも玉菊灯籠《たまぎくどうろう》の仕度ですな」

「長いことのんびりさせてもらいました。明日からまた吉原のために働きましょうかな」

「そのことそのこと」

見返り柳の枝が西日を受けて風に揺れ、五十間道を清搔《すががき》の調べが這い上がって聞こえてくるのも一行には懐かしかった。

「戻ってきたぜ」

大荷物を背負った宗吉が思わず呟いた。荷物は風太の背にもあった。

善光寺の門前町をはじめ、あちらこちらで買い求めた土産の品は、道中は馬の背で運ばれてきた。だが、板橋宿からふたりの若い衆は、

「女将さんや女郎衆への土産、最後は自らの背で担いでいきます」

と負ってきたのだ。

背に木刀を負い、手に土産の木太刀《きだち》を提げた神守幹次郎も衣紋坂を下りながら、ほっと安堵していた。

吉原を差配する七代目頭取の四郎兵衛と大見世の主の助左衛門をなにはともあれ無事に吉原へと連れ戻すことができたのだ。

あと一歩で大役が終わりそうだ。

道の両側の外茶屋から番頭や女将が、

「おや、七代目、信濃の旅からお帰りですか。元気そうでなによりです」

「玉藻様がお待ちですよ」

などと声がかかった。

四郎兵衛らはその声に返事をしながら曲がりくねった五十間道を通った。

茶饅頭を売る有明の店先から粋に浴衣《ゆかた》を着流した男が出てきた、その手にも真新しい団扇があった。

身代わりの左吉だ。

「神守様、おまえ様のいない吉原はなんだかつまらないぜ」

「左吉どの、もうお帰りですか」

「夕暮れの仲之町をくるり冷やかして歩いたところだ」

「近々馬喰町に参ります」

「酒の肴に旅の話を聞かせてくだせえな」

左吉が幹次郎に言うと、四郎兵衛に会釈を残して衣紋坂へと上がっていった。

屋根付きの門が目の前に現われた。

仲之町にいつもの賑わいが見えて、茶屋の軒に鬼簾《おにすだれ》が掛かり、灯りが居並んで吊るされた光景も一行には懐かしかった。

大門口の釣瓶《つるべ》そば屋の前では駕籠で乗りつけた遊客が駕籠を下りて駕籠舁きに代金を支払っていた。

廓内には医者以外は駕籠で乗りつけられないのが決まりごと、そこで屋号は増《ます》田屋《だや》、俗称釣瓶そば屋の前で駕籠を捨てる客が多かった。

路地から背を丸めた男が飛び出し、今しも財布を手に駕籠の代金を支払おうとした客に体当たりを食らわすと財布を、
さっ
と引ったくり、幹次郎らが大門を潜ろうと弾んで歩く鼻先に飛び出してきた。
「待ちねえな！　大門前でそんな無法が許されるものか」
四郎兵衛の啖呵が飛んだ。
男は懐に片手を突っ込み、匕首を抜いて、立ち塞がる四郎兵衛に突きかかろうとした。
幹次郎がすいっと動いた。
その手には高崎《たかさき》宿の寺で四郎兵衛が買い求めた、
「家内安全商売繁盛」
と書かれた木太刀があった。
閃《ひらめ》く匕首に木太刀が軽く振り下ろされ、匕首を握り締めた男の手を、
びしり
と叩いた。
いてえっ！

と叫んだ男の手から匕首が飛んで、男は棒立ちに竦んだ。

さらに幹次郎の木太刀の先が男の鳩尾に軽く突っ込まれ、男はくたくたとその場に崩れ落ちた。

一瞬の早業だ。

幹次郎はしっかりと男の手に握られていた財布を取ると未だ呆然としている財布の持ち主を手招いた。そこへ大門内から騒ぎを聞きつけた会所小頭の長吉らが飛び出してきて、幹次郎や四郎兵衛の姿を見て、一瞬、こちらも立ち竦んだ。

「長吉、鳩が豆鉄砲を食らったみたいにぼうっとしているんじゃありませんよ。神守様がお持ちの財布をそちらのお客様にお返しして、こやつを会所に引っ立てぬか」

「へ、へえっ」

会所の長半纏もいつしか夏のそれへと変わっていた。

長吉らが慌てて動いて騒ぎが収まり、

「助左衛門さん、大門を潜りましょうぞ」

とふたりの旦那が廓内へと入った。すると吉原会所から留守を預かっていた番方の仙右衛門が出てきた。

隣の引手茶屋の山口巴屋の店先には涼しげな江戸小紋を着た玉藻と白地の絣《かすり》の汀女が立って、一行を迎えた。

「七代目、知らせをいただければ板橋宿までお迎えに出ましたものを」

「お父つぁん、元気そうでなによりです」

「迎えなんぞは面倒ですよ。はい、ただ今戻りました」

と親しい者同士の、短い挨拶の応酬があった。

汀女は真新しかった幹次郎の菅笠が道中の間にぼろぼろになっているのを見て、

(生易しい道中ではなかったような)

と推量した。

汀女は胸前に風呂敷包みを抱えていた。この日、吉原で手習い塾が開かれて、帰りに山口巴屋に立ち寄り、玉藻を手伝って何通か文を書き、世間話をして出てきたところだった。

「姉様、今、戻った」

「息災そうですね」

「皆様、風邪ひとつ腹痛ひとつ起こされなかったぞ」

「それはなによりにございました」

にした。

「お父つぁん、助左衛門様、まずはうちで道中納めの一杯をやってくださいな」

助左衛門が素早く思案し、風太にそのように新角楼まで知らせに行かせることにした。

「ささっ、皆の衆、お上がりくださいな」

と引手茶屋に招《しょう》じた。

四郎兵衛と助左衛門と汀女は山口巴屋の表口へ、宗吉は会所の入り口に、そして、幹次郎は江戸町一丁目へと曲がった。

吉原裏同心の神守幹次郎の出入り口は讃岐楼と和泉楼の間の路地だった。だれに命じられたわけではないが、大門口に陣取る町奉行所の隠密廻りの役人の手前、幹次郎が己に課した決まりごとだった。

「おや、旦那、戻ってこられたか」

路地に遊客が迷い込まないように見張る老婆が幹次郎を見て、言った。

「ただ今、戻った」

「七代目も元気かえ」

「元気にお戻りじゃぞ」

領いた老婆が、

「おしまさんは幸せ者よ、楼主や七代目に生まれ在所に連れ帰ってもらったのじゃからな」

幹次郎は頷くと路地へと入り込んだ。まず山口巴屋の裏口を過ぎ会所の裏口に出ると戸を開いた。裏土間から三和土《たたき》を抜けて表土間に回った。二十坪の広さを持つ土間は廓内で騒ぎを起こした者が引き立てられる場所だ。

そこには先ほど客の財布を引ったくり、幹次郎に鳩尾を木太刀で突かれて、気を失っていた男が引き据えられていた。

その周りを番方の仙右衛門、小頭の長吉らが囲んでいた。

男は二十四、五歳か。荒《すさ》んだ顔をしているところを見ると島帰りか、小伝馬町の牢から解き放たれたばかりとも思えた。

「神守様、ご苦労にございました」

と道中についてともこの捕り物についてともつかず仙右衛門が幹次郎を労い、

「神守様方が旅に出られて十日も過ぎたころから、またも廓の内外で引ったくりが流行りましてねえ、これまでもふたりばかり捕まえました。ですが、貸本屋の栄次らとは関わりねえようで、どうやらこやつらの背後に潜んで操る黒幕がいるとみえて、次から次に新手《あらて》が出て参ります。こやつもなにも知らされちゃあいますまい。稼ぎの半分を黒幕に上納しているだけですよ」

と顎で男を指した。

「神守様、番方、こやつが何か吐くまでにはちょいと時間もかかりましょう。七代目がお待ちかねです、あちらに行ってください」

と長吉が勧めた。

仙右衛門が頷き、幹次郎は土産の木太刀を会所の上がり座敷に置いた。ふたりは会所から山口巴屋の裏口に回った。広い台所では女衆が忙しく立ち働いていた。夕暮れどき、引手茶屋が一番活気を帯びる刻限だった。

幹次郎は土間の片隅で草鞋の紐を解いた。すると仙右衛門自らが濯ぎ水を持ってきてくれた。

「番方の手を煩わせて相すまぬ」

「なあに、こっちは江戸でのうのうとしていたんだ。濯ぎくらいなんってことはありませんぜ」

という声に、

「そうそう」

と板の間で玉藻の声がした。玉藻の手には手拭いがあった。

「玉藻様にも相すまぬことで」

「このひと月、お父つぁんの世話を神守様にお任せして、私どもはなんだか頭の重石《おもし》が取れたようでのんびりしておりましたよ」

と笑った。

「それがしも思いがけなくも善光寺に詣でることができました」

「旅ではいろいろな目に遭ったようね、お父つぁんが興奮の体で話しているわ。早くあちらに行って」

玉藻に促され帳場に行くと、帳場に接した座敷で四郎兵衛、助左衛門が汀女に酌をされていた。

「汀女先生御自らの酌に恐縮しておりますよ」

四郎兵衛の顔はさすがにほっとしていた。

「旦那、お戻りですか」

新角楼の番頭の佐蔵の声が響き、女将のおかるといっしょに飛び込んできた。

「おかる、佐蔵、ただ今戻りました」

「お帰りなされ」

とおかるが座敷にぺたりと座り、

「おしまの供養は無事済みましたか」

と佐蔵が訊いた。

「そうそうまずはそれを報告せねばなりませんな。それにはちょいと喉を潤してと」

と手にしていた杯を呑み干した。

玉藻が人数分の膳と杯を用意して、汀女が酌をして回った。

「新角楼さんの足を引き止めて悪いが、あとちょいとだけ旅納めの酒をな、呑みましょうかな」

四郎兵衛の音頭《おんど》で無事吉原帰着の酒が呑み干された。

「おしまは生まれ在所の姨捨村長楽寺のな、境内に観音様として蘇《よみがえ》ります」

と助左衛門と四郎兵衛はおしまが残した小判が引き起こした騒動やら長楽寺の追善の模様を交互に報告した。

妓楼の女将おかるの目にも涙が光り、番頭の佐蔵の瞼も潤んでいた。

「旦那様、金はいろいろと人間模様を映し出してみせますな。おしまの弟は思わぬ金に身を滅ぼしましたか」

幹次郎らは姨捨村にさらに三日ほど泊まり、川舟から千曲川に転落して行方を絶った谷平の生死を知ろうとしたが分からなかった。また幹次郎が河原で斃《たお》した東軍流の武芸者山上鵜五郎平らの亡骸は松代藩に届けられ、調べが行われた。

この調べには長楽寺の住職やおけいらが証言に加わり、その経緯が判明した。松代藩では旅の武芸者同士の立ち合いとして山上らの亡骸を処理し、神守幹次郎へのお咎めはなかった。

また寝牛の房五郎と田毎の吉兵衛のお取り調べには松代藩が携《たずさ》わることになり、その結果を知らないまま信濃を出立してきていた。

「谷平の娘のおけいが吉原に身を売ることで父親が残した賭場の借財を払い、家作と田圃を取り戻したいという話もございましたがな、長楽寺の和尚や松代藩が中に入り、おしまが残した金子でなんとか処理するということになりました。なにしろ借財は賭場のものです。松代藩のお裁き次第ですが、残した五十両を減らすことなく、田圃と家作は取り返せそうとのことでした」

「旦那と七代目が信濃までお出ましになられて、おしまの書付が生きましたな」

とおかるが締め括るように言った。

「ほれ、見ねえ。私が旅立つというときに、おまえさん方は遺手の遺言など金子を為替で送れば済むことなどと不満を漏らしましたがな。この私と四郎兵衛様が出て、かたちになったのですよ。こういうのを仏造って魂入るというのです」

と助左衛門が胸を張った。

「旦那様、仏造って魂入れずとは聞いたことがありますがな」

佐蔵が首を捻った。

「まあ、そんな細かいことはどうでもよろしい」

わずかばかりの酒に酔った助左衛門が言い、

「そろそろうちの内証が恋しゅうなりました。これにて失礼を申しますぞ、四郎兵衛様」

と立ち上がった。

当然おかるも佐蔵も従った。

玉藻が見送りに行き、座敷にものうげな空気が漂った。

「汀女先生、今日はうちで夕餉を食べていってくださいな」

見送りから戻ってきた玉藻が勧め、

「それがよい。まだ話は終わっておりませぬからな」

と四郎兵衛が応じた。

「七代目、まだ、なんぞございましたか」

仙右衛門が訊いた。

「話は府中宿の六所宮から始まります」

四郎兵衛が明和九年二月二十九日、目黒行人坂から出火した大火事で吉原が仮宅に追い込まれた、古い話を始めた。

「七代目、十五年も前の吉原に関わる話でございますか」

「番方は会所のまだ駆け出しでしたな」

「はい。四郎兵衛様もまだ七代目には就いておられなかった」

「その当時のことです、揚屋町に半籬の喜泉楼があった」

「喜泉楼とはまた懐かしい名が。たしか喜泉楼は吉原には戻ってこられませんでしたな」

「そのことです。会所が、いえ、私が邪魔をして吉原に戻れなかったと喜泉楼の馬之助って倅どのが勘違いしておりましてな」

「馬之助って野郎は、たしか馬の首って二つ名がございましたな」

「それです、その倅が八王子横山宿で渡世を張っておりました。それがさ、六所宮で偶々《たまたま》私を見かけ、道中付け回し始めた」

「まあ、なんということが」

と玉藻が驚き、汀女が幹次郎を見た。

「一時は風太が一味にさらわれ、人質にされました。そして、笹子峠の下り道でとうとう襲われました。ですが、われらには神守幹次郎様がついておいでです。それに馬之助が助っ人に頼んだ油屋の五郎蔵という人物が話の分かった渡世人でさ、風太を怪我もなく取り戻すことができましたのじゃあ」

と一場の騒ぎを話し終えた。

「それにしてもお父つぁんの旅は色々と起こりますな」

と玉藻が感心した。

「私ではありませんぞ。神守さんの周りに起こるのです。今の大門前の騒ぎを思い出しなされ」

「あれは神守様が騒ぎを取り静めなさったのです、お父つぁん」

と玉藻が言うと、

「そろそろ夕餉の仕度に掛かりましょうかねえ」

と台所に下がる気配を見せ、汀女も即座に立ち上がった。

長吉が姿を見せた。

「七代目、お帰りなせえ」

と挨拶した長吉が、

「先ほど神守様が気を失わせた野郎は、日光《にっこう》代官所領から押し込み強盗でお手配のあった猿橋の蓑吉《みのきち》って男でした。おのれひとりの知恵で吉原通いの客の財布を狙ったと言ってますが、これまで捕まえたふたりと同様に背後に黒幕が控えていると思えます」

「先のふたりは喋ったか」

「うちで責めましたが落とせませんでした」

と長吉が面目なさそうに答え、仙右衛門が、

「面番所に移してかなりひどい責めが行われたそうです。ふたりしてとうとう口を割りませんでした」

「よし、蓑吉は明日まで待って私が直々に問い質してみようぞ」

と明日からの手配りが一瞬の裡《うち》に終わった。

二

四郎兵衛らが突然帰宅したにも拘らず、山口巴屋の夕餉の膳は穴子《あなご》の白焼き、

鱧《はも》の吸い物と夏を感じさせる馳走だった。

神守幹次郎と汀女の夫婦が玉藻に送られて山口巴屋を出たのは四つ（午後十時）間近の刻限だった。

大門には駕籠で乗りつける客がいて未だ賑わいを見せていた。

五十間道を吹く風はすっかり夏のそれであった。

「姉様、顔を撫でる風までが優しいな。江戸はよいわ」

「それだけ私どもが江戸の水に馴染んだということでしょうか」

「そうかもしれぬ」

「道中ではなんぞ詠まれましたか」

「句か、あればかりは上達せぬ。姉様におしまの在所の田毎の月を見せたかった。きっと秀句をものにされたであろう」

「田毎の月ですか、きれいな表現にございますな」

「棚田に映るそれぞれの月の趣《おもむき》といい、風が吹いて早苗がそよぐと映月が揺れる光景といい、まったく言葉にならぬくらい美しかったぞ」

「幹どのはなんと詠まれましたな」

「披露するのも憚られるが旅の恥は掻き捨てと、蛙鳴く　田毎の月に　半夏生、と字数を合わせた」

「蛙鳴く　田毎の月に　半夏生、と口で繰り返した汀女が、

「幹どの、姨捨の光景が眼に浮かびます」

と年下の亭主ににっこりと笑いかけた。

ふたりは見返り柳から土手八丁に出た。一丁の駕籠が凄い勢いで飛んできて、五十間道を下っていった。それを最後に土手八丁から人影が消えた。

夫婦ふたつの影が土手道に落ちて、

「姉様、留守番はどうであったな」

「手習い塾の添削やら玉藻様、薄墨太夫とのお喋りで退屈はしませんでしたよ。いつも最後には四郎兵衛様方がただ今どこまで旅しておられるかという話で終わりました」

と汀女が笑った。

「姉様、われら豊後を逐電したとき、先のことなどなにも見えなかった。だが、今、こうして吉原に拾われ、暮らしを立てておる。幸せだと考えるべきであろうな」

「幹どの、これ以上なにを望まれます」

「そうだな」

ふたりはすでに田町への辻に差しかかっていた。

ふいに灯りを落とした茶屋の暗がりが揺れた。

「姉様」

幹次郎は汀女を背後に回すと手にしていた木刀を構え、闇を透かした。

ゆらり
と暗がりの空気を揺らしてひとつの影が出てきた。

武芸者か、幹次郎と同じように浪人者のようだった。

「どなたかな」

「犬塚慎八《いぬづかしんぱち》、浪々の者にござる」

声音と体つきから察して四十歳前後か。

「それがし、近くの長屋に住まいする者じゃがなんぞ御用か」

「神守幹次郎どのだな」

「いかにも」

「そなたには何の恨みつらみもござらぬ。ちと浮世の義理があってお手前を斃さねばならぬ羽目に陥った。許してくれ」

犬塚は片手で道中羽織の紐を解き、かたちの崩れた羽織を脱いだ。

「お待ちあれ。遺恨《いこん》なき者同士が立ち合うこともござるまい。失礼ながら路用《ろよう》の金にお困りなれば、いくばくかの金子を用立てることもできる。われらの長屋も近い、ご一緒して話をしましょうぞ」

しばらく犬塚から返答はなかった。

「そのように親切な言葉を聞いたのは何年ぶりか。野良犬のように諸国をほっつき歩くのもちと草臥《くたび》れた。それがし、よき相手に恵まれたようだ」

犬塚慎八が刀の鯉口《こいぐち》を切った。

幹次郎は戦いを見つめる眼を感じ取った。

「理不尽にござる」

「いかにもこの世の中は理不尽ばかりで成り立っておる。仕度をなされ、なさらぬとあらば、遠慮のうこちらから仕掛け申す」

この期に及んで戦う以外方策がないと幹次郎は悟った。

「姉様」

布袋に入った木刀を渡し、道中嚢と羽織を身から外した。それも汀女に渡した。

犬塚慎八はその間、仕掛けることもせず待っていた。

「犬塚どの、最後に訊く。そなたの雇い主はどなたかな」

「義理がある者と申したはず、それ以上は話せようか」

幹次郎は頷くしか途《みち》はなかった。

「それがし、眼志流を少々遣い申す」

「眼志流か、越前加賀藩に伝わると聞いたことがある」

「われら夫婦、故あって十年流浪の暮らしを強いられた。その折りに出会った剣技でござった」

今度は犬塚が首肯し、

「それがし、富士浅間流《ふじせんげんりゅう》をちと学んだ」

と応じた。

富士浅間流は元和《げんな》（一六一五～二四）のころ、富士浅間神社の大宮司《だいぐうじ》富士亦四郎《ふじまたしろう》吉春《よしはる》が創始した剣と幹次郎は聞いたことがあった。その源流を辿れば塚原卜伝、さらに飯篠山城守家直《いいざさやましろのかみいえなお》につながる香取神道流の、関東の王者の剣にゆきつく。

「お相手致す」

今戸橋の方角から駕籠が飛んできた。

犬塚が剣を悠然と抜き、正眼に構えた。

堂々たる構えがその腕前と経てきた修行の厳しさを十分に感じさせた。

幹次郎は小手先で対応できる相手ではないことを先刻承知していた。

生きるか死ぬか、選択の道はふたつに一つしかなかった。

幹次郎は無銘ながら江戸の研ぎ師が豊後行平と見立てた長剣の柄を腰に捻りをくれて落ち着かせた。

間合は一間半（約二・七メートル）。

駕籠舁きが斬り合いに気づき、

「相棒！」

と呼びかけると駕籠をふいに停めた。垂れが上がり、

「大門かえ」

と客が顔を覗かせ、ふたりの対決に気づいて息を呑んだ。

土手八丁の時が止まった。

風もやみ、流れも止まった。

「おうっ」

腹の底から気合を響かせた犬塚が正眼の剣を引きつけつつ、間合を詰めてきた。

浅草田圃の道を抜けて土手八丁にふたりの職人風の男たちが姿を見せて、立ち

竦んだ。こちらも吉原に駆け込む客のようだ。

「なんでえ、斬り合いか」

素《す》っ頓狂《とんきょう》な声がふたりに生死の境を越えさせる合図となった。

犬塚慎八がぐいっと踏み出し、幹次郎も応じた。

犬塚の剣が虚空に円を描いて、幹次郎の肩を襲った。

幹次郎は踏み込みつつ、刃渡り二尺七寸の剣を抜き打った。

ほぼ同時にふたつの剣が互いの身に届こうとした。

だが、一瞬早く眼志流横霞みが犬塚慎八の胴に到達して、横倒しに土手八丁の路傍に飛ばした。

「やりやがった！」

駕籠舁きが叫び、浅草田圃から来たふたりの職人風の男のひとりが、

「ひえっ！」

と叫んでいた。

血の匂いが土手の闇にふわりと漂った。

神守幹次郎は血振りをくれると剣を背に回し、犬塚慎八の倒れた傍らに片膝をついた。

犬塚は俯《うつぶ》せに倒れ、顔だけを上に捻《ね》じ曲げていた。

「眼志流、お見事にござる」

「富士浅間流のお手並みとくと拝見しました」

犬塚が必死の動きで片腕を懐に突っ込み、

「神守どのに頼みがござる」

「なんなりと」

「馬喰町の木賃宿荒井屋《きちんやどあらいや》にお市《いち》と申す女がおる」

と言うと縞の巾着《きんちゃく》を引き出し、幹次郎に突き出した。

「財布を渡せばよいのですな」

「いかにも」

と応じた犬塚の体を痙攣《けいれん》が襲い、がくんと力が抜けた。痙攣がやみ、死の刻限がやってきた。

土手八丁に重い沈黙が続いた。それを破ったのは、

「幹どの」

と呼びかけた汀女の声だ。

「姉様、それがしなれば大丈夫じゃあ」

と立ち上がった幹次郎は未だ呆然として立ち竦む駕籠舁きに呼びかけた。

「吉原に行くのだな」

「へっ、へい」

「会所にこのことを伝えてくれぬか」

「四郎兵衛会所だな」

「いかにも」

「承知しましたぜ」

動きを止めていた駕籠がようやく走り出した。

「姉様、長屋まで送っていこう」

「木戸はすぐそこですよ、幹どの」

「いや、送っていく」

幹次郎は監視の眼を意識して言った。

汀女が長屋に入り、灯りが点るのを見届けた幹次郎は戦いの場に戻った。

路傍に犬塚慎八の亡骸だけが薄い月に照らされてあった。

(なぜ戦わねばならぬのか)

これまで幾たびとなく自問した問いがまた脳裏を過《よ》ぎった。

った。


「姉様との暮らしを守る」

答えは分かっていた。

だが、幹次郎は戦うたびにこの問いに苛《さいな》まれた。

三ノ輪の方角から足音が響いた。提灯の灯りが浮かび、会所の御用提灯と分かった。

番方の仙右衛門を先頭に小頭の長吉らが駆けつけてきた。

灯りに犬塚慎八の顔が浮かんだ。

幹次郎は犬塚の顔に幾星霜《いくせいそう》の旅の労苦を見た。

「神守様、豊後岡藩の関わりの者にございますか」

番方はまずそのことを気にした。

幹次郎と汀女は豊後岡藩を逐電して諸国を流浪した。同じ長屋に育った汀女は借金のかたに上役の家に嫁に行っていた。その汀女を強引に誘い、ふたりは手に手を取り合って城下から逃亡したのだ。

汀女の夫が藩に妻仇討の願いを出して認められ、追っ手から逃げる十年であった。事は一年以上も前に決着していたが仙右衛門はそのことを気にした。

「いや、違う。だれぞに雇われ、それがしを斃すように強制された刺客であった」

「だれぞとは心当たりがございますか」

「思い当たらぬ」

「となると会所の関わりですぜ」

幹次郎は巾着を見せると死の淵で犬塚に頼まれた一件を告げた。仙右衛門が幹次郎から巾着を受け取り、重さを掌で量って、

「十両、それが神守様を始末する金子だ」

だが、死んだのは暗殺を引き受けた犬塚慎八だった。

「すると馬喰町の荒井屋におるお市って女がなんぞ承知かもしれませぬな」

仙右衛門の問いに幹次郎は頷いた。

「長吉、亡骸を会所に運べ。七代目におれと神守様は馬喰町まで足を延ばすとご報告申せ」

「承知しました」

番方が長吉への指図を終え、幹次郎に向き直ると、

「神守様、旅から帰った早々に悪いが付き合ってくれませぬか」

「最初からその気でそなた方を呼んだ」

頷き合ったふたりは浅草田圃への道を下っていった。

公事宿、旅人宿、木賃宿が軒を並べた馬喰町の一角に荒井屋はあった。ひしゃげた板葺《いたぶ》き屋根がめくれ上がっていた。木賃宿の中でも最下等の宿だ。

仙右衛門が腰高障子を叩いて、

「夜分すまねえ、番頭さん、ちょいと起きてくんな」

と声をかけ続けた。ようやく灯りが点り、

「だれだえ、こんな刻限によ」

と訊いた。

「吉原会所の者だ。こちらにお市さんって方がおられよう」

「犬塚様の連れに用事かえ」

戸が開いた。

「犬塚様は留守だぜ」

「承知だ。お市さんに会いてえ、急ぎだ」

仙右衛門の言葉に異変を悟ったか、ふたりは中に入れられた。すでに戸前のやり取りを泊まり客の多くが聞いて、目を覚ましていた。それほど小さな木賃宿だった。

ふたりは台所に案内された。するとすぐに廊下に足を引き摺るような音がして、ひとりの女が障子の桟《さん》に両手で縋《すが》りながら姿を見せた。行灯の灯りに浮かんだ女の両目は見えないようだったが、整った顔立ちをしていた。

「お市さんか」

「犬塚様になにごとか起こりましたか」

お市は二十七、八歳くらいか。透き通った顔の肌は病に冒されていることを示していた。

幹次郎は懐から縞の巾着を出した。

「そなたに巾着を預かって参った」

「巾着を、犬塚様が」

と静かに呟いたお市は訊いた。

「犬塚様の身になにか起こりましたか」

「亡くなられた」

「亡くなられたとはどういうことにございますか」

幹次郎はお市の見えぬ双眸《そうぼう》にひたっと見つめられていた。

「それがしと剣を交えたのだ」

「あなた様がお勝ちになった」

幹次郎は黙っていた。

長い沈黙のあと、お市が、
ふうっ
と息を吐いた。

幹次郎は経緯を告げた。さらに長い静寂が続き、

「なんということが……」

とお市が漏らした。

「犬塚様の亡骸は今どこにございますので」

「吉原会所に運ばせた」

「会いとうございます」

幹次郎が頷き、仙右衛門が番頭にどこかで駕籠を都合できないかと頼んだ。

吉原会所の広土間に置かれた戸板の上に犬塚慎八の亡骸は横たわっていた。

土間の片隅の柱には引ったくりで捕まった猿橋の蓑吉が括られ、青ざめた顔で

この模様を眺めていた。

お市は無言のままに犬塚の体に長いこと縋っていた。そして、ゆっくりと見えぬ目を上げた。

「造作《ぞうさ》をかけました」

馬喰町から吉原へと来る間、駕籠に乗せられたお市は無言を通した。

「こちらにお上がりください」

長吉がお市を座敷に招じ上げようと声をかけた。

お市は裾の泥を手で払い、長吉に手を引かれて、座敷に上がった。そこには七代目頭取の四郎兵衛らが待ち受けていた。

「吉原会所の四郎兵衛です。おまえ様にはなぜ犬塚様の亡骸が吉原に運ばれたか訝しく思われるかもしれぬ。犬塚様が暗殺をと命じられた神守幹次郎様はうちで働くお人でな、どう考えても会所の関わりで神守様が狙われたとしか考えられぬので、ここへ運んだのだ。承知してくれぬか」

お市が頷いた。

「お市さん、問題はだれが犬塚様を唆《そそのか》して神守様を襲わせたかだ」

「犬塚様の生計《たつき》がどのようなものか、二年ほど旅をともにした私にも申されませぬ」

「立ち入ったことを訊く。そなたと犬塚どのは夫婦か」

「いえ、夫婦でもなんでもございませぬ」

「それでも一緒に旅をなされておる」

「四郎兵衛様、不思議でございますか」

「お市さん、私は女郎がその身を売り買いする遊里吉原の長《おさ》のひとりだ。男と女の仲など千差万別、ひとつとして同じかたちはございませんよ。そのことを重々承知の者にございます。そなた方にどのような関わりがあって旅暮らしを一緒に続けられるか、答えを聞いたところで驚きますまい」

「聞いてください」

とお市が言った。

「私と犬塚様は今から二年前、大井川《おおいがわ》の川止めになった島田《しまだ》の旅籠で一緒になったのでございます。いえ、私には連れ合いがございました。やくざ者で呑む打つ買う三拍子揃った悪《わる》でした。宿で川止めの手慰みに博奕が始まり、最初こそ連れ合いが勝っていたようですが、そのうちすってんてんに負け、負けた相手に私の身をかたにひと勝負と申し込んだのです。そのとき、静かに戒められたのが犬塚慎八様でした。犬塚様は博奕にも加わらず、部屋の隅に座しておられたのです。連れ合いは犬塚様のお諭《さと》しを聞くどころか、ふざけた差し出口を利くなとばかり刃物を持って突っかかり、犬塚様に逆手を取られて土間に転がされました。その折り、刃物が腹に刺さり、一晩中苦しんだ末に亡くなりました……」

「なんとのう」

「その場の騒ぎは連れ合いの狂乱ということで宿場役人が収められました。川止めが明け、一同はそれぞれ出立していかれました。が、私は行く当てがございません。旅籠の代も支払えぬままにどうしたものかと案じておりますと、二日ほど前に発たれたはずの犬塚様がまた旅籠にお戻りになり、私の手に何両かの金子を渡されたのでございます」

「それをきっかけに旅をご一緒にされるようになりましたか」

四郎兵衛が話を端折《はしよ》るように先に進めた。

「吉原の方に申し上げます。先ほど男と女の仲は千差万別と申されましたな」

「いかにも申しました」

「そのとき以来、私は犬塚様の手に縋って道中をするようになりました。旅籠代も三度三度のまんまもすべて犬塚様に支払っていただきました。私が犬塚様にしてあげられたのは洗濯くらいのものです」

お市は、
ふうっ
と息をひとつ吐き、言い足した。

「旅先の旅籠でひとつ布団で寝るようなこともございましたが、犬塚様はついに一度も私の肌身に触れられる真似などなさりませんでした」

「………」

「この二年、なんと安穏《あんのん》な暮らしが続いたことでしょう。それがふいに終わりました」

幹次郎はお市の言葉を胸を刺される思いで聞いた。

三

幹次郎は馬喰町の角に呆然と立っていた。

辻で盛業であった米問屋がめちゃくちゃに破壊されて放置されたままになっていた。こうなったのはどうやら最近のことらしい。

馬喰町の木賃宿荒井屋にお市を幹次郎と長吉で送っていった帰りでのことだ。

お市から事情を聞き知った四郎兵衛が、

「お市さん、行く当てがないのなら、吉原に越してきなさらないか」

と誘ったのだ。

「吉原に？　目の見えぬ女が働く場所がございましょうか」

「私の知り合いの尼寺、花蓮庵《かれんあん》の離れに逗留なされ、まずは病を治すことだ。それから先のことは体が丈夫になってから考えればいいことだ」

お市は見えない目をしばらく虚空にさ迷わせていた。四郎兵衛の申し出をどう受け止めてよいか迷っているようだ。

「おまえさんには犬塚様が命を張って残した十両がある。会所の世話になりたくないというのならそれに頼ればいいことだ」

「この金子に手をつけてよいものでしょうか」

「それが犬塚様への一番の供養であろう」

お市が小さく頷き、一旦荒井屋に荷物を取りに戻りたいと言った。

木賃宿には小さな包みがふたつ残されているばかり、吉原に戻るために駕籠に乗せられたお市の膝にそれらが抱え込まれた。ひとつは犬塚のものだという。

「長吉どの、それがし、ちと訪ねたいところがあるのだが」

「駕籠に従うだけだ、どうぞ神守様はご勝手になさってくだせえ」

長吉たちを見送り、幹次郎は身代わりの左吉に会いたいと歩き出して打ちこわしの現場に出くわしたのだった。

「驚きなすったか」

背に左吉の声を聞いた。

幹次郎が振り向くと、身代わりの左吉が絽《ろ》の着流しで立っていた。

「おまえさん方が信濃に旅に出ていた間のことさ、深川六間堀町《ろっけんぼりちょう》の住人、傘張り職人の彦四郎《ひこしろう》らが近くの米屋に駆け込んで、施《ほどこ》し米を求めましたがな、主は言を左右に断った。そこでさ、店じゅうを打ち壊して暴れ回った。こいつが江戸の打ちこわしの手始めでさあ、あちらこちらで打ちこわしが始まった。彦四郎らは家財道具や建具だけを壊し、奉公人には手を出さず、米も店じゅうに撒き散らしたが一粒たりとも持ち出してねえ。つまりは打ちこわしで幕府の無策を訴えたかったのだ。なんたって、米の値が連日のように上がり、銭百文で一升買えたものが近ごろでは二合か三合しか手に入りませんや」

左吉は一旦言葉を切った。

「このところ米屋ばかりか、大店、札差、呉服屋と分限者に手当たり次第に打ちこわしが広がってさ、段々にあくどくなってくる」

旅の間にそのようなことが起こっていようとは考えもしなかった幹次郎は改めて打ちこわしの跡を呆然と眺めた。

「行きましょうか」

左吉が言葉もない幹次郎をいつもの一膳めし屋を兼ねた煮売り酒場に案内していった。ふたりはいつもの卓に向かい合わせに座り、

「近ごろ、吉原に世話になってぬくぬくと過ごし、腹を空かせていた自分を忘れておりました」

と幹次郎が左吉に打ち明けた。

「打ちこわしはなにも江戸だけのことではありませんや。最初は上方《かみがた》から始まり、畿内《きない》に広がり、江戸に伝播《でんぱ》してきたんでさ」

左吉の言うように天明の打ちこわしと呼ばれる破壊行動はさらに全国へと広がりをみせていくことになる。

「松平定信《さだのぶ》様が老中に就かれましたがねえ、長年の田沼様の放埒《ほうらつ》な政《まつりごと》のつけだ。ちょっとやそっとで改革がなるとも思えねえ」

左吉が折りよく運ばれてきた杯を幹次郎に持たせ、燗《かん》徳利の酒を注いでくれた。お返しに幹次郎も左吉の杯を満たした。

「久しぶりにございました」

「道中無事で戻ってこられましたな」

ふたりは酒を干した。

「打ちこわしの他に心にかかることがございますので」

左吉が幹次郎の顔色を読んだように訊いた。頷いた幹次郎は江戸に戻ったばかりで巻き込まれた騒ぎを語った。

左吉が呆れたような表情で幹次郎を見ていたが、

「神守様はお市って盲目の女の連れ合い、犬塚慎八を雇った黒幕を気にしておられますので」

「それがしを狙った刺客とも思えぬ。となれば吉原会所に関わることだ」

「ご覧の通りの世の中だ。なにが起こっても不思議じゃあござんせんや」

と答えた左吉は、

「犬塚様はなんぞお市に言い残してはいなかったので」

と念を押して訊いた。

「生計のことは島田宿で出会って以来、一切、話さなかったようです。道中で犬塚どのは時折り小判を一、二枚稼いできたというから、道場破りを生業《なりわい》になされていたか」

左吉が首を横に振った。

「押し込み強盗か、街道荒らしのほうが当たっておりましょう」

「腕前はなかなかの御仁であった」

左吉が頷き、

「江戸に出てきたのはいつのことで」

「半月も前のことらしい。だが、犬塚どのは、江戸は初めてではなく何度も出入りしている様子だとお市は申しておった」

「馬喰町の荒井屋は定宿《じょうやど》でしたか」

「いえ、こたびが初めてとか」

「ほう」

と左吉はそのことに関心を持った。

「これまではどこに泊まっていたのかな」

「なんでも深川の櫓《やぐら》がどうとかこうとか漏らしたことをお市は覚えておりまし

た」

この話は、先ほど馬喰町に送る道中でお市が思い出したことだ。

「それとお市がな、会所で冷たくなった犬塚どのの体に縋ったとき、海の匂いがしたそうな。目が見えぬゆえ、匂いを感じる力はわれら以上でござろう」

「深川の潮風が吹く場所で人に会い、犬塚様は十両の稼ぎ仕事を受けた」

「まあ、そういうことかな」

「神守幹次郎の命が十両とはちと安うございますな。だがね、こんなご時世だ、早々に十両仕事が見つけられるものではない。神守様が考えられる以上に犬塚慎八は血腥《ちなまぐさ》い仕事で生きてきたんですぜ」

左吉は犬塚がときに暗殺仕事を引き受けていたと仄《ほの》めかした。

「犬塚どのはお市の病を治さんと江戸に出て、大金を得ようとした。旧知の者に会い、それがしの暗殺仕事を引き受けたということですか」

「当たらずといえども遠からずだ」

と応じた左吉は空になった杯に酒を満たし、

「一日二日、時を貸してくださいな」

と応じた。

「左吉どのの知恵を借りるばかりで相すまぬ」

「なあにこの世の中は回り持ち、そのうち吉原会所の四郎兵衛様にさ、この身代わりの左吉が頼みごとをすることもございましょう」

と磊落《らいらく》に笑った左吉が旅の話を幹次郎にせがんだ。

幹次郎は聞き上手の左吉に府中宿六所宮で会った元喜泉楼の倅、馬之助の事件や、遺手のおしまが遺した金子を巡って身内が描き出した人間模様、さらには大門前での引ったくり騒ぎまで話していた。

「いやはや、神守幹次郎様の行くところ騒ぎが尽きることはございませんな」

「なにもそれがしが求めたことではござらぬ」

「それは左吉も承知ですって。なにしろ神守様が供をした旦那は花の吉原の会所頭取七代目と大籬の楼主だ。愛憎には事欠きませんや。そのとばっちりを裏同心の神守様が受けたって図だ」

「まあ、それがそれがしの務めにござる。致し方ござらぬ」

と幹次郎は杯を卓に置いた。

幹次郎が会所に戻ると犬塚慎八の亡骸と一緒にお市の姿も会所から消えていた。

付き添ったのは番方の仙右衛門と金次とか。吉原会所出入りの医師もお市が当座世話になる尼寺の花蓮庵に出向いていた。

御用部屋に四郎兵衛だけが残っていた。

「お戻りか」

「途中で抜けて申し訳ございませぬ。勝手とは思いましたが身代わりの左吉どのに会い、こたびの一件を相談してきました」

「そんなことではないかと考えておりました」

と答えた四郎兵衛が、

「左吉さんはなんぞ申されましたか」

「まず一日二日時を貸してくれと」

「それはなんぞ考えがあってのことですよ。神守様、よい思案をなされた」

「左吉どのはまた犬塚どのが血腥い仕事でこの世を渡ってきたようだとも申されていました」

「お市にその姿は見せておりませぬが、私もそう見ました」

と四郎兵衛も言い切った。

「引ったくりの蓑吉を責めましたがな、こやつ、意外と口が固い。前のふたりも

すまい」

うちに置いておくのもなんです。面番所に送りましたが、まずあちらでも喋りま

必死に抗《あらが》ったと申しますから、こやつらの黒幕はなかなかの強面《こわもて》と思えます。

と四郎兵衛は昨夜幹次郎が捕まえた引ったくりについて話した。

「旅から帰れば帰ったで、いろいろと騒ぎがございますな」

と前置きした幹次郎は馬喰町の米屋下総屋《しもうさや》の打ちこわしを告げた。

「打ちこわしが流行っておると番方から報告を受けました。無為無策の田沼様のご政道がこのような騒ぎを引き起こしております。すぐには止みますまい。いずれ吉原の商いにも差し障りが生じてきましょうな」

と四郎兵衛はそのことを案じた。

「だれかいなさるか」

表で声がした。

「それがしが」

と幹次郎が表土間に行くと今戸橋際の船宿牡丹屋の若い船頭が立っていた。

「どうなされたな」

「お侍、番方たちはいないかえ。うちの客が刺されたんだ」

「どうしたって、数吉《かずきち》」

四郎兵衛も立ってきた。

「七代目、昼見世に来た室町《むろまち》の煙草屋天狗大黒堂《てんぐだいこくどう》の若旦那宋次郎《そうじろう》さんが柳橋《やなぎばし》から猪牙《ちょき》でうちに着き、土手八丁を歩き出そうとしたとき、いきなりぶつかってきた野郎がいるんでさあ。そいつが若旦那の懐に差した革財布を抜こうとしたんでよ、若旦那はその手を押さえようとなさったんだが、どてっ腹を反対に匕首で抉《えぐ》って、聖天社の方角に逃げやがった。悲鳴を聞いて、うちでも後を追ったんだが、逃げ足が速くて取り逃がしたんだ」

「天狗大黒堂の若旦那の怪我の具合は重いか軽いか」

表土間に下りながら四郎兵衛が訊いた。

「かなり深く抉られてなさるぜ、すぐにうちに運び込んで医者の東庵《とうあん》先生を呼びに走った。おれは政吉船頭の命でこっちに来たってわけだ」

「よし、数吉、案内せよ」

四郎兵衛が応じ、幹次郎に合図した。

「それがしもすぐに後を追います」

幹次郎は和泉守藤原兼定を手に提げて裏同心の出入り通路、蜘蛛道へと走った。

着流しの裾をぱあっぱあっとさばいて路地を抜け、仲之町から大門を出た。四郎兵衛と数吉には衣紋坂で追いついた。

三人が船宿牡丹屋に飛び込んだとき、老船頭の政吉が、

「七代目、遅かった。若旦那は今息を引き取られた」

と叫んで教えた。四郎兵衛はなにも答えず治療の行われていた座敷に上がった。幹次郎も続いた。

医師の東庵が襷の紐を解くところだった。

その前に若い男の宋次郎が横たわり、苦悶《くもん》の表情を湛えた顔から生気《せいき》が逃げていこうとしていた。

「七代目、手の施しようがなかった。腹から胸を突き上げて切っ先が心臓《しんのぞう》に達していた」

東庵が首を横に振った。

「糞っ！」

四郎兵衛が歯軋《はぎし》りした。

「政吉、天狗大黒堂には知らせに走っているな」

「へえっ」

「若旦那を刺した野郎はどんな風体だ」

「船着場から見ていたんだが、縞木綿《もめん》の着流し、遊び人がかった野郎としか分からねえ。なにしろ一瞬のことだ」

と老船頭の政吉が風体を告げた。

「背丈は五尺五、六寸（約百六十七〜百七十センチ）、細身だったな」

表で町方同心と御用聞きが飛び込んできた様子があった。

土手八丁の事件に吉原会所が関わることはできなかった。

四郎兵衛は牡丹屋の内証に向かった。幹次郎も従った。そこには牡丹屋の主の美津右衛門《みつえもん》と女将のお紋《もん》がいた。

「七代目、突然のことでどうにもならなかった、すまねえ」

職人肌の美津右衛門が頭を下げた。牡丹屋は吉原会所と関わりが深い船宿で会所の船もこの牡丹屋に預けてあった。

「土手八丁に一歩でも歩き出せば、もはや美津右衛門さん、おまえさん方の手を離れた客だ。致し方ないわ」

「それにしても白昼に、ちいとばかり大胆すぎないか」

と美津右衛門が首を傾げた。

「私の留守にも数件発生し、そして、昨夕に一件と引ったくりが立て続けに横行《おうこう》している。昨夕のはここにおられる神守様が引っ捕まえなさった。だが、また新手が出た」

「今度のは、いきなり匕首だぜ」

「それだ、美津右衛門さん。この牡丹屋が会所と関わりが深いことを承知でその客を狙ったのではないかと心配している」

「どういうことだ、七代目」

「未だはっきりしないのだがな、なんだか嫌な感じがするんだ。吉原か、会所に嫌がらせではないかとな、思いついた。だが、証しがあってのことではない」

「七代目！」

と表に会所の衆が飛び込んできた叫び声がして、すぐに森閑とした沈黙が続き、番方が内証に入ってきた。

「まさか真昼間に吉原通いの客が殺されるなんて」

「番方、金が目当ての引ったくりじゃあないかもしれないよ」

「どういうことなんで」

「こんなことが続くと吉原に通う客が二の足を踏んで数が減ろう」

「七代目」

と言って仙右衛門が考えに落ちた。

「牡丹屋」

という声がして北町奉行所の定町廻《じょうまちまわ》り同心九十九《つくも》劉次郎《りゅうじろう》が顔を見せた。中年の同心で浅草界隈を受け持ちにしていた。むろん四郎兵衛とも顔見知りだ。

「九十九様、ご苦労様にございます」

四郎兵衛が同心に頭を下げて挨拶した。

「四郎兵衛か、なんぞそなたらが関わる騒ぎか」

「九十九の旦那、ここのところ三件立て続けに廓の内外で引ったくりが横行しております。昨日はひとり、引っ捕まえて面番所に送ってございます」

「そなたはこたびの一件が前の三件と関わりがあると申すか」

「はっきりしませぬ。ともかく知らせを受けて飛んできたところです」

「昨日の引ったくりは南が身許を押さえておるのだな」

「はい」

「ならば引ったくりの横行に触発《しょくはつ》された者の仕業と考えられぬか」

「はい。その線も考えられます」

「南の隠密廻りに掛け合ってゆんべの野郎と会ってみるか」

と九十九が言い、

「四郎兵衛、なんぞあれば知らせてくれ」

と願った。

「九十九様、むろんのことにございます」

町方同心が宋次郎の亡骸のところに戻った。

四郎兵衛が、

「番方、会所に引き揚げて策の練り直しだ」

と引き揚げを命じた。

帰り道、仙右衛門が四郎兵衛に報告した。

「お市の病ですがねえ、胸を患ってかなり重いということです。ひょっとしたら、半年やそこらの寿命かもしれないと診立《みた》てた医師が漏らしました」

「犬塚って侍が命を張ったんだ。なんとかお市の病を治せと医師の尻を叩け、番方」

と四郎兵衛が珍しく強い口調で仙右衛門に命じた。

四

その後二日の間にまた三件、吉原通いの客が襲われ、いきなり斬りかかられたり、突かれたりして大怪我を負った。このうち、ふたつの襲撃では客の財布に手をかけようともしていなかった。

吉原会所では廓の内外の警備を厳しくしたが、なにしろ客は多く、猪牙で水上から、あるいは徒歩や駕籠で土手八丁をと、通う道は複雑を極めており、賊はその間隙《かんげき》を縫うように出没した。また浪人風であったり、町人であったりと風体も千差万別であった。

吉原の客が激減した。

四郎兵衛たちが一番恐れていたことだ。

妓楼の主たちは会所を突き上げてなんとか手を打てと迫った。

もはや明らかだった。金子目当ての引ったくりではなかった。

御免色里の吉原の地位を傷つけ、その座から引き摺り下ろそうという意図が明白だった。

その証しに、品川、内藤新宿、千住、板橋の四宿を始め、深川界隈の岡場所には客が集まっていた。

なにしろ世情は騒がしく打ちこわしが横行し、幕府は手を拱《こまぬ》いていた。万事に格式高く、決まりごとが多い吉原を避けて、安直な遊里で騒ぎ、遊女を抱いて憂《う》さを晴らせばいいという風潮が広がっていた。

吉原から活気が消えた。

そんな日、神守幹次郎は左兵衛長屋に使いをもらい、馬喰町の一膳めし屋に駆けつけた。むろん幹次郎を呼び出した相手は身代わりの左吉だ。

ちょうど夕暮れ前の刻限で昼見世の警戒を終え、夜見世《よみせ》を待つ間に長屋に戻ったところだった。

着流しに菅笠の幹次郎が店の前に立ち、菅笠の紐を解こうとすると左吉が卓から立ち上がり、

「早うござんしたね」

と言いながら、外に出てきた。左吉は幹次郎が来るのを待ってどこかへ出かけようとしていた。

「お待たせしましたか」

「いや、頃合です」

左吉の今日の形は鶯《うぐいす》色の小袖に共布同色の裁付《たつつ》け袴を穿《は》き、宗匠頭巾《そうしようずきん》を被って手に脱いだ十徳《じつとく》を持ち、竹の杖をついていた。腰には凝った造りの矢立もあった。まるで俳人のような出で立ちだ。

その左吉は馬喰町の裏路地から神田川《かんだがわ》の浅草御門の船着場に幹次郎を連れ出し、

「船頭さん、越中島《えつちゆうじま》へ運んでくださいな」

と客待ちをしていた船頭のひとりに声をかけた。

「へえっ」

ふたりが乗り込み、舫《もや》い綱が解かれて、猪牙が神田川から大川《おおかわ》（隅田川《すみだがわ》）の合流部へと舳先を向けた。そよっ、とも、風がなかった。そのせいもあって江戸の町は日が落ちても昼間の熱気が漂い残っていた。

幹次郎の頬に当たる風がなんとも涼しい。

左吉は黙したままだ。

「旦那方、深川の岡場所に鞍替えかえ」

櫓《ろ》を操りながら船頭が声をかけてきた。

「深川に面白いところでもできましたかな」

「吉原は剣呑だ。それに初会だ、裏だ、三度目でようやく馴染だという吉原よりは、登楼した日から馴染扱いで床入りできてさ、どんちゃん騒ぎができるならば客はそっちに靡《なび》くぜ」

「ご時世といえば致し方もねえ。だがな、船頭さん、遊女と客、駆け引きがあるから面白いのよ。ただ女を抱きたきゃあ、四宿の飯盛に頼みな」

「まったくだ」

船頭は左吉の言葉に如才《じょさい》なく合わせた。

猪牙は柳橋を過ぎて大川へ出ようとしていた。

吉原の飄客は柳橋の船宿から山谷堀まで、三十丁（約三・三キロ）を舟で行った。百四十八文の舟賃を払っても遊女への想いを水上で嚙み締め向かい、帰りは名残を惜しんだ。それが客の遊び心、粋であった。

だが、柳橋の船宿は書き入れの刻限というのに閑散としていた。

大川には夕涼みの船が出ていた。

屋形船から小舟まで大小無数の船が涼を求めて、上流に向かい、江戸湊《えどみなと》へと下っていた。

船頭は櫓に専念せざるを得なかった。

「神守様、船頭の話を聞くまでもないや。こたびの一連の騒ぎ、御免色里の地位を引き摺り下ろそうという手合いが嚙んでいることだ」

幹次郎は静かに頷いた。

もはやそうとしか考えられなかった。問題はだれがそれを策しているかだ。

京島原《きょうしまばら》遊廓の仕来たりを踏襲して、吉原の特権的な地位は元和三年（一六一七）、庄司甚右衛門《しょうじじんえもん》が幕府から元吉原の営業の許しを得て以来、新吉原へと連綿《れんめん》と続いてきた。むろん吉原が稼ぐ莫大な金子の一部は表金裏金を合わせて、幕府の金蔵、高官の懐へと流れていた。

それだけに吉原では、

「御免色里」

の特権を脅《おびや》かす無許可お目こぼしの岡場所の勃興《ぼっこう》には気を遣い、その度にお上に厳しい取り締まりを願ってきた。

吉原と幕府は一心同体ともいえた。それが打ちこわしが流行るご時世にふたたび脅かされようとしていた。

「深川にはいくつもの岡場所があるのを神守様もご存じですな」

幹次郎は左吉の抑えた声に小さく頷く。

「このところ深川から佃島《つくだじま》の岡場所がえらい勢いで客を集めています。吉原界隈に剣呑な野郎が出るということもございましょう。だが、懐の銭が厳しい連中や成り上がった男どもが諸事にかんたんな四宿や深川に流れるのはものの道理だ。こいつは、吉原という名に胡坐《あぐら》をかいてきた遊女、妓楼の主、引手茶屋、四郎兵衛様方などすべての人が責めを負わねばならねえ事態だ」

一匹狼で世を渡る左吉はあっさりと吉原の権威と特権を断じた。

「そんな隙間をつくように深川七宿が攻勢をかけた。在所から見目のいい若い女を買い集め、芸を仕込んだ。芸といっても吉原と違い、文から俳諧香道茶道歌舞音曲じゃねえや。床での秘芸だ」

「そのせいで吉原の客足が止まってますか」

「神守様、もう少し辛抱してくださいな。男が遊里に通うには女の床芸だけではそうはならない。媚薬《びやく》も使えば、阿芙蓉《あふよう》、清《しん》でいう阿片《あへん》のような到来ものの薬も使って、初めて上がった男をめろめろにする。となれば男は必死になって遊び代を稼ぎ、早々に遊女のもとへと戻ってくる算段だ」

「大きな仕掛けですね」

猪牙はとっくに両国橋《りょうごくばし》、新大橋《しんおおはし》と潜り、大川の最も下流に架かる永代橋《えいたいばし》へと向かおうとしていた。船頭は左岸へと猪牙を近づけていく。

「船頭さん、越中島の堀に入り、永代寺《えいたいじ》の周りをぐるりと回ってくれませんか」

へえっ、と答えた船頭が、なんだ、遊びじゃねえのか、夕涼みの客かという顔でそれでも櫓に力を入れた。

「神守様が申される通り大きな仕掛けです。この一年前から深川横櫓《よこやぐら》に屋敷を構える五野木五郎坐《ごのきごろうざ》という人物がいます。おそらく元は武家、それも大名家の江戸屋敷詰めを代々務め、茶屋遊び、吉原遊びの裏表を知り尽くした人物です。むろん五野木某は偽名にございましょう。この者が深川、佃島、鉄砲洲《てっぽうず》一帯の岡場所の主どもを糾合《きゅうごう》し、反吉原勢力を作り上げた。五野木が海千山千《うみせんやません》の深川の妓楼の主を支配下に置いたのは褒美と脅迫です」

猪牙は堀に入り、武家方一手持橋《いってもちばし》を潜った。大川で感じていた川風がぴたりとやんだ。

「五野木某らの反吉原勢力に反対で、うちはうちなりのやり方で商いを続けますという深川表櫓《おもてやぐら》の出雲屋太平衛《いずもやたへえ》が半年も前に亥ノ口橋《いのぐちばし》下の水面に刺殺されて浮かんでいました。それを手始めに、五野木反対派の三人の旦那衆が殺されました。深川仲町《なかちょう》の梅元《うめもと》では主に続いて、娘のおせんが水死体で堀に浮かんだ。おせんはまだ十三歳だったそうです。これで五野木五郎坐に異を唱える者はなくなった。深川一帯の遊び場に薬が流れ、若い女が客の接待に必死になった。そうしなければ遊女もまたおせん同様に堀に浮かぶのを承知だからです」

「なんと」

「ちょんの間二朱、一昼夜朝直し二分二朱で遊べたものがそれぞれ一分、一両へと値上がりしております。それでも吉原の遊び代より安いし、男は強い刺激を求めて深川通いをする」

猪牙は堀を東へ東へと進んだ。三蔵橋《みくらばし》を過ぎ、堀は鉤《かぎ》の手に曲がって黒船橋《くろふねばし》へ向かった。

「船頭さん、蓬萊橋《ほうらいばし》下でちょいと泊めてくんな」

船頭が不思議な顔をしたが黙って客の言うことを聞いた。

暗がりに猪牙が舫われ、蚊がぶーんと飛んできた。

時がゆるゆると流れ、半刻が過ぎたか。

堀の東から煌々と灯りを点した船足の速そうな船が接近してきた。船の舳先に立てられた提灯には、

「深川御見廻り」

と墨書されていた。

「五野木五郎坐が深川界隈の岡場所を見廻る船でございますよ」

「なんとも派手な装《よそお》いではござらぬか。お上は黙って許しておられるのか、左吉どの」

「この界隈を縄張りにする町方同心、御用聞きは五野木から鼻薬《はなぐすり》を効かされてますのさ。それに名目が深川界隈の町廻りをしてお上の役に立ちたいというのであれば無下に断りもできねえ」

「その実、深川界隈の見世の締めつけと警戒ですか」

「吉原は二万七百余坪と限られておりましょう。だが、深川は大新地《おおしんち》、古石場《ふるいしば》、新石場、櫓下、仲町、佃町、御船蔵前町《おふなぐらまえちょう》、常盤町《ときわちょう》などと永代寺周辺に散って広うございます。五野木は薬の元締め、女衒商いの上に楼の上がりを何分かかすめて一夜に何百両の稼ぎと噂されております」

早船が蓬莱橋下へと近づいてきた。

白地の浴衣を着た細身の男が銀煙管で煙草を吸い、その傍らに若い女が控えて、その背後にもうひとり男がいた。

「五野木五郎坐の背後に控えるのがこたびの一連の騒ぎを指揮する番頭の弥《や》の字、

本名は分かりません。さらにその後ろが用心棒、天流《てんりゅう》の薙刀《なぎなた》と剣の免許持ち、佐藤百輔秀信《さとうももすけひでのぶ》でさあ」

五野木は四十二、三か。白面《はくめん》の貴公子《きこうし》と言っていい顔立ちだ。その傍らに控える娘は雛人形のように愛らしかった。

弥の字は三十くらいか、尖った頰に危険な嗤《わら》いを湛《たた》えていた。

幹次郎はこやつが天狗大黒堂の若旦那のどてっ腹を刺した男ではないかと推測した。

佐藤百輔は深編笠で面体を隠していた。従者が薙刀を立てていた。

身代わりの左吉の調べは行き届いていた。

早船は猪牙が泊まるのとは反対側を、灯りを煌々と照らして水面を浮かび上がらせて行き過ぎていった。

「五野木の見廻りは明け方まで続き、深川横櫓の五野木屋敷に戻ります。永代寺門前仲町と山本町《やまもとちょう》を結ぶ小橋の東詰に大きな屋敷を構えてまさあ、すぐに目につきます」

左吉は煙管に刻みを詰めた。どうやら話は終わったようだ。

幹次郎はしばし思案して、考えを纏めた。

「お使いになりますかえ」

左吉が矢立を腰から抜き、懐から紙を出した。

「お借りしよう」

「船頭さん、灯りのあるところに舟を移してくだされ」

左吉の命に船頭が富岡八幡《とみおかはちまん》の船着場に猪牙を移した。そこには常夜灯の灯りが落ちていた。

幹次郎は左吉がお膳立てし、見聞させてくれた事実を早書きにして吉原会所の四郎兵衛に告げ知らせた。

身代わりの左吉は自ら四郎兵衛に話す気はないらしく、神守幹次郎を通じて探索の次第を報告させせようとしていた。

文が書き上がったと見た左吉が、

「神守様は残られますな」

「折角《せっかく》左吉どのが調べ上げてくれた一件だ、急ぐに越したことはあるまい」

「ならばその文、船頭にたしかに会所に届けさせせますぜ」

と請け合ってくれた。

「お願いしよう」

「神守様の手並みが見られないのがちょいと残念ですがねえ、餅は餅屋に任せますぜ」

「この礼は改めて」

幹次郎は船着場の石段へと跳んだ。

猪牙がすいっと船着場を離れ、左吉の吸う煙草の火が段々と小さくなっていった。


夜明け前、幹次郎は小橋の西詰の暗がりにいた。

辺りに潮の匂いがしていた。

おそらく犬塚慎八が仕事を乞いに来て、衣服に染みつかせた匂いだろう。

左吉と別れたあと、幹次郎は深川の岡場所を巡り、夜通しに商いをする様子に左吉の調べが的確であったことを思い知らされていた。

五野木五郎坐は深川に隠然たる力を有していた。深川で夜の商いをするすべての人間たちが畏怖を抱きながらも商いの隆盛《りゅうせい》を喜んでいた。

「御免色里」

に対抗する手立ては吉原から客を奪うことだった。

その陰謀に満ちた商いが今深川一帯の盛り場で確立していた。

まだ五野木の見廻りは続いていた。

幹次郎は人の気配を感じた。

振り向くと手に幹次郎愛用の木刀を提げて、四郎兵衛が立っていた。早文の中で木刀を長屋からと願ってあったのだ。

「ご苦労にございます」

幹次郎は黙って頷いた。

「神守様の文に接し、町奉行所隠密廻りと連絡を取り合い、告げられた内容の裏を取っておりましてな、来るのが遅れました」

「なんぞ新たに分かりましたか」

「五野木五郎坐は申される通りに偽名にございます。本名は秋元乗種《あきもとのりたね》、元の身分は館林《たてばやし》藩松平《まつだいら》右近将監《うこんしょうげん》様の用人次席、父親の乗武《のりたけ》様は留守居役を補佐する仕事をなさっておりましたが、右近将監様が奏者番時代に失態ありて奉公を解かれております。乗種様は父親の代理として藩外交の一翼《いちよく》を担われ、吉原にも出入りされていたとか。なんと山口巴屋のお客でございました。奉公を解かれたあとも何度か出入りなされ、借財が二百七十三両ほど残っておりました」

と苦笑いした。

「なんの考えあって吉原に対抗する組織を作り上げたか、判然としませぬがちょいと図《ず》に乗られましたな」

と吐き捨てた。

「隠密廻りもお出張りですかな」

となれば幹次郎が出る幕はない。

「出張られております」

と応じた四郎兵衛が、

「吉原の面目を潰した五野木こと秋元乗種の所業許せませぬ。ちいとお灸《きゅう》を据えて隠密廻りに渡してもようございましょう」

とまず吉原会所が乗り出すことを告げた。

朝が近づく気配がして、櫓の音が響いた。

煌々と灯りを点した早船が五野木屋敷の船着場に漕ぎ寄せられようとしていた。

屋敷から出迎えの男たちが姿を見せた。

一見屋敷奉公の風体をしていたがどこか危険を秘めた連中だった。

「参りますか」

四郎兵衛が幹次郎に木刀を渡し、小橋を渡り始めた。

橋の袂に柳の老木が植えられ、船の灯りに葉柳が緩くそよぐのが分かった。

船着場から視線が投げられた。

橋を渡り切った四郎兵衛が船着場の一行を見下ろした。

「吉原会所がなんの用だ」

五野木五郎坐こと秋元乗種が嘯《うそぶ》いた。

「秋元様、私は引手茶屋山口巴屋の主でもございますよ。そなた様が残されている二百七十三両の書付が懐に入っております」

「わざわざ吉原から借金取りに来たか」

「笑わせないでくださいな。そなた様が深川界隈の岡場所を糾合して、吉原に対抗するような遊里を企てられること、吉原会所の七代目としてはなんとしても許せませぬ。また、吉原の評判を落とそうと引ったくりを装い、客に斬りつけるとは。その内のひとり、天狗大黒堂の若旦那はのたうち苦しんで死なれた。そんな非道はこの四郎兵衛の目の黒いうちは許しません」

「四郎兵衛、時代は変わる。吉原ばかりが特権に胡坐をかいていてよいものか。おれがさ、新しい商いの手本を幕府に、江戸じゅうに知らしめたと思え」

「そなたの親父どのは館林藩時代に失態の廉《かど》ありて奉公を解かれたそうな、おまえ様も奉公がなにか、世の中の仕組みがなにか教わらないままに都合のよいことを考えられましたな」

「問答無用」

秋元乗種の傍らから、弥の字と、天流の薙刀と剣の名人佐藤百輔が進み出た。

佐藤の手にはすでに薙刀があった。

幹次郎が木刀を手に河岸から船着場を見下ろした。

船着場は奥行き三間（約五・五メートル）、間口四、五間（約七・二〜九メートル）の板が敷き詰められていた。

河岸から船着場までの高さは一間半か。

佐藤が薙刀を脇構えに置いた。

弥の字が懐に片手を突っ込んだ。

匕首でも呑んでいるのだろう。

夜が白んできた。

幹次郎が木刀を立てた。

きえええっ！

夜明けの堀端に奇声が響いた。

葉柳が震えてそよいだ。

腰が沈み、幹次郎の体が虚空に飛んで浮かんだ。

木刀が背に回され、
ちぇーすと！

の叫びとともに船着場へと雪崩《なだ》れ落ちていった。

佐藤百輔が薙刀を回した。

木刀と刃が虚空で交わり、
かーん！

と乾いた音が響いて千段巻《せんだんまき》から折れて刃が堀へと飛んだ。

幹次郎は佐藤百輔にのしかかるように舞い降りて、木刀が柄だけになった薙刀で対応しようとした佐藤の額を砕き割った。

げえぇっ！

血飛沫《しぶき》が飛んだ。

佐藤百輔が押し潰されるように船着場に転がった。

その傍らに幹次郎が片膝をついて着地し、

「野郎、許せねえ！」

と匕首を閃かせて突っ込んできた弥の字の胴に木刀が翻った。

ぐしゃっ！

骨と肉が潰されて、弥の字の体が水面へと転がり落ちた。

すいっ
と木刀を片手に幹次郎が立ち上がった。

秋元乗種が腰の脇差を抜いた。

幹次郎の視界に何艘もの舟が江戸町奉行所の御用提灯を掲げて漕ぎ寄せられるのが映った。

「秋元どの、無駄な抗いはおやめなされ。町奉行所隠密廻り同心のお出張りだ」

幹次郎の言葉に秋元の眉目がきりきりと裂けたように吊り上がり、

「おのれ、我が大願を邪魔しおって！」

と叫ぶといきなり脇差の切っ先を心臓に当て、
がばっ
と前屈みに船着場に伏せた。

幹次郎は秋元の背に切っ先が貫き通ったのを見て、船着場から河岸に上がり、四郎兵衛に目礼《もくれい》すると永代寺門前仲町の路地奥へと消えた。
吉原会所の裏同心が身を引く刻限だった。
その脳裏に下手な五七五が浮かんだ。

青柳　そよぎそよぐや　夏の夢

二〇〇五年九月　光文社文庫刊

光文社文庫

長編時代小説

遣《やり》　　手《て》　吉《よし》原《わら》裏《うら》同《どう》心《しん》(6)　決定版

著　者　佐《さ》伯《えき》泰《やす》英《ひで》

2022年6月20日　初版1刷発行

発行者　鈴　木　広　和
印　刷　萩　原　印　刷
製　本　ナショナル製本

発行所　株式会社 光　文　社
〒112-8011　東京都文京区音羽1-16-6
電話 (03)5395-8149　編　集　部
8116　書籍販売部
8125　業　務　部

ISBN978-4-334-79335-7　Printed in Japan

組版　萩原印刷